La mejor solución

Helen Bianchin

Editado por HARLEQUIN IBÉRICA, S.A.
Hermosilla, 21
28001 Madrid

LA MEJOR SOLUCIÓN, Nº 1359 - 6.11.02
Título original: The Wedding Ultimatum
Publicada originalmente por Mills & Boon, Ltd., Londres.

I.S.B.N.: 84-671-0061-3
Depósito legal: B-38804-2002
Editor responsable: M. T. Villar
Diseño cubierta: María J. Velasco Juez
Composición: M.T., S.L.
Avda. Filipinas, 48. 28003 Madrid
Fotomecánica: PREIMPRESIÓN 2000
c/. Matilde Hernández, 34. 28019 Madrid
Impresión y encuadernación: LITOGRAFÍA ROSÉS, S.A.
c/. Energía, 11. 08850 Gavá (Barcelona)
Fecha impresion para Argentina:13.7.03
Distribuidor exclusivo para España: LOGISTA
Distribuidor para México: PUBLICACIONES SAYROLS, S.A. DE C.V.
Distribuidores para Argentina: interior, BERTRAN, S.A.C. Vélez Sársfield, 1950. Cap. Fed./ Buenos Aires y Gran Buenos Aires, VACCARO SÁNCHEZ y Cía, S.A.
Distribuidor para Chile: DISTRIBUIDORA ALFA, S.A.

Capítulo 1

QUÉ se ponía una para acudir a una cita con el diablo?

Danielle echó una mirada experta a la ropa de su armario, eligió un vestido y empezó a vestirse cuidadosamente.

El ático que compartía con su madre en un barrio selecto a las afueras de Melbourne siempre había sido su hogar. Era grande y lujoso, y representaba a la perfección los gustos de la clase alta.

Pero no por mucho tiempo. Pensó con tristeza que todo aquello tenía los días contados. Habían vendido cuadros muy valiosos, y antigüedades de valor incalculable habían sido sustituidas por muebles de segunda mano. Habían empeñado las joyas. El elegante Bentley había sido reemplazado por un simple sedán. Los acreedores esperaban ansiosamente a que se declarara la quiebra, y a que el ático, totalmente hipotecado, se subastara.

Las tarjetas de crédito de su madre habían llegado al límite, y la boutique de lencería La Femme estaba luchando por mantenerse a flote, pensó Danielle mientras se ponía uno de sus pendientes de diamantes. Eran una reliquia que había pertenecido a su abuela materna, lo único que Danielle se había empeñado en conservar.

En menos de una semana tendrían que dejar el ático, llevar sus objetos personales al juzgado para saber si el juez les permitía quedárselos, cerrar La Femme, buscar un apartamento mediocre y encontrar trabajo.

Tenía veintisiete años y era pobre. No era agradable, pensó mientras se disponía a salir.

Hacía casi un año que salía solo para acudir a las invitaciones de los pocos amigos que le quedaban. Todavía había algunos leales a su madre, viuda de un hombre que había pertenecido a una familia española de alcurnia.

La cita de aquella tarde era un último esfuerzo desesperado por implorar clemencia al dueño del edificio donde vivían, y del centro comercial donde se encontraba su boutique. El hecho de que también fuera el propietario de una parte del centro de la ciudad y tuviera un polígono industrial era irrelevante.

En la escala social de la ciudad, Rafe Valdez era un nuevo rico, pensó Danielle mientras llegaba al aparcamiento.

Era poseedor de una fortuna inmensa, y se rumoreaba que la había amasado con métodos poco ortodoxos. Tenía casi cuarenta años, y era famoso porque hacía grandes donaciones para obras de caridad. Las malas lenguas decían que solo lo hacía para introducirse en la elite social de los ricos y famosos.

Un círculo en el que Danielle y Ariane ya no podían permanecer.

De todas formas a ella no le quedaba más remedio que tener en cuenta a aquel hombre.

Su foto aparecía con frecuencia en la sección de negocios de los periódicos locales, y también en las páginas de sociedad. Acudía a todos los eventos, siempre acompañado por la joven más bella agarrada del brazo, por una mujer mayor famosa en la sociedad que deseaba llamar la atención de la prensa, o por una de las cientos de mujeres jóvenes que se disputaban su atención.

Danielle lo había conocido hacía un año, en una cena que ofreció una supuesta amiga que la había dejado de lado cuando la situación económica de Ariane trascendió.

Aquella vez, lo había mirado y se había escondido tras una ligera sonrisa y una conversación amable pero distante. Había adoptado ese comportamiento por instinto de conservación, porque tener algo que ver con un hombre como Rafe Valdez habría sido como bailar con el diablo.

Pcro las cosas habían cambiado. No tenía elección. Llevaba varias semanas intentando reunirse con él, y había sido él quien había insistido para que cenaran juntos.

El restaurante que él había elegido estaba en el centro de la ciudad, al final de una calle estrecha de un solo sentido, en la que estaba prohibido aparcar, así que dio la vuelta a la manzana con la esperanza de encontrar un sitio.

Por eso, ya llegaba diez minutos tarde. Un pequeño retraso que cualquiera disculparía, excepto Rafe Valdez.

Lo vio en cuanto entró en el restaurante, apoyado en la barra del bar. Aunque Danielle le dijo su nombre al maître, él no esperó y se dirigió hacia ella. Era alto, moreno y peligroso y sus ojos negros como el pecado tenían un poder hipnótico.

Danielle sintió un escalofrío que le recorrió la espalda, y se le aceleró el corazón.

Había algo en él que alertó sus defensas.

–Siento que haya tenido que esperar.

Él arqueó una de sus oscuras cejas.

–¿Es una disculpa?

Hablaba arrastrando las palabras y tenía acento norteamericano. Había un rastro de fiereza bajo el barniz de sofisticación que parecía confirmar el rumor de que su juventud había transcurrido en las calles de Chicago, donde solo sobrevivían los más fuertes.

–Sí –Danielle lo miró sin pestañear–. Es que me ha resultado difícil aparcar.

–Podría haber venido en taxi.

–No, no podía –dijo ella sin alterarse. Su presupuesto no cubría la tarifa de los taxis, y una mujer sola no se arriesgaba a usar el transporte público por la noche.

Él le hizo una seña al maître, cuyas muestras de atención rozaron el servilismo mientras los conducía a la mesa y llamaba al camarero con un imperioso chasquido de dedos. Danielle no quiso tomar vino, pidió un entrante ligero, un segundo plato y tampoco quiso pedir postre.

–Me imagino que usted ya sabe por qué quería mantener esta reunión.

La miró con detenimiento, observando su orgullo, su valentía... y también cierta desesperación.

–¿Por qué no nos relajamos un rato y disfrutamos de la comida y de la conversación antes de hablar de negocios?

Ella le sostuvo la mirada.

–La única razón que tengo para conversar con usted son los negocios.

–Me alegro de no tener un ego frágil –dijo él, y esbozó una ligera sonrisa desprovista de sentido del humor.

–No creo que haya nada frágil en usted –era de granito, y tenía el corazón de piedra. ¿Qué esperanzas podía albergar de convencerlo para que no ejecutase la hipoteca? Aun así, tenía que intentarlo.

–La sinceridad es algo admirable.

El camarero llevó el primer plato, y ella tomó algunos bocados sin ningún apetito, con cuidado de no estropear el trabajo de presentación del chef mientras comía.

Todo lo que tenía que hacer era sobrellevar las próximas dos horas. Cuando se fuera de allí, tendría una respuesta, y tanto su destino como el de su madre estarían decididos. Estaba segura de que la comida estaba exquisita, pero sus papilas gustativas no cumplían su función. Por eso, no hizo más que juguetear con el segundo plato al tiempo que daba sorbitos al agua mineral burbujeante.

Él disfrutaba de la cena. Utilizaba los cubiertos con movimientos precisos. Realmente, parecía aquello en lo que se había convertido, pensó Danielle distraídamente... todo un hombre que sobresalía entre los demás, vestido impecablemente, con un traje a medida confeccionado por un gran modisto. ¿Armani? La camisa azul oscuro era del algodón más fino, y la corbata de pura seda. Llevaba un reloj caro.

Pero ¿quién era el hombre que había bajo aquel traje? Tenía fama de ser implacable en los negocios, y hacía uso de un poder despiadado cuando la ocasión lo requería.

¿Sería igual cuando ella hiciese su petición?

Danielle intentó controlar los nervios y esperó hasta que el camarero hubo retirado los platos para pronunciar las palabras que había ensayado tanto.

–Por favor, ¿podría concedernos una prórroga en el plazo?

–¿Con qué propósito?

No iba a aceptar. Sintió una punzada de dolor en el estómago.

–Ariane llevaría la boutique y yo trabajaría por cuenta ajena.

–¿Para ganar un sueldo que apenas cubriría los gastos de una semana? –se apoyó en el respaldo de la silla e hizo un gesto al camarero para que le rellenase la copa de vino–. No es una solución factible.

La deuda que tenían con él ascendía a una fortuna, y ella nunca podría pagarla. Lo miró fijamente.

–¿Le produce satisfacción verme suplicar?

Él enarcó una ceja.

–¿Es eso lo que está haciendo?

Danielle se puso de pie y tomó su bolso.

–Lo de esta noche ha sido un error –se dio la vuelta para irse, pero sintió que él le agarraba la muñeca con fuerza.

–Siéntese.

–¿Por qué? ¿Para que usted siga viendo cómo paso vergüenza? No, muchas gracias –tenía las mejillas muy rojas y sus ojos marrones brillaban de ira.

Él apretó la muñeca.

–Siéntese –repitió con una suavidad mortal–, no hemos hecho más que empezar.

Ella miró al vaso de agua, y por un momento sopesó la posibilidad de arrojárselo a la cara.

–No lo haga –era una advertencia suave como la seda que envolvía una gran amenaza.

–Suélteme la muñeca.

–Cuando vuelva a sentarse.

Aquello era una lucha de voluntades y ella no quería ceder. Pero había algo en su mirada oscura que la advertía de que nunca conseguiría vencerlo, y después de unos segundos tensos, volvió a su asiento, mientras se frotaba inconscientemente la muñeca. Sintió un ligero escalofrío al pensar que él podría haber roto fácilmente sus delicados huesos.

–¿Qué es lo que quiere? –las palabras brotaron de sus labios antes de que hubiera podido pensarlas bien.

Rafe tomó la copa, dio un sorbo de vino y volvió a dejarla en la mesa mientras miraba a Danielle atentamente.

–Primero, hablemos sobre lo que quiere usted.

El recelo y la aprensión le retorcieron el estómago.

–La lista de cosas que deseo incluye la plena propiedad del apartamento, recuperar las antigüedades, las obras de arte, las joyas y saldar todas las deudas. Además, quiero reabrir la boutique de Ariane en Toorak Road con un buen contrato de arrendamiento –le resultaba imposible adivinar qué motivos tenía él para escucharla, así que ni siquiera lo intentó–. Todo esto representa una suma de dinero considerable –conjeturó ella.

–Un millón y medio de dólares, más o menos.

–¿Cómo lo sabe? ¿Es que ha hecho un inventario? –le hervía la sangre de ira. Tuvo que controlarse para no explotar.

–Sí.

–¿Por qué? –apretó los puños con fuerza hasta que los nudillos se le pusieron blancos.

–¿Quiere que se lo explique con todo detalle?

Había visto tranquilamente cómo se vendían todos los preciosos tesoros y pertenencias de su madre, uno por uno. ¿Cuál era su propósito?

–Ordené a una persona que comprara en mi lugar todos y cada uno de los objetos que su madre se vio obligada a vender.

¿Qué tipo de hombre era aquel? Sin duda, un hombre que haría cualquier cosa para conseguir su objetivo. Algo que hacía a ella se le helara la sangre. Danielle miró sus marcados rasgos y sintió que estaba a punto de dejarse llevar por los nervios.

–¿Para qué?

La miró fijamente y esbozó una vaga sonrisa que, sin embargo, no denotaba ningún sentido del humor.

–A lo mejor ha sido solo un capricho.

Un hombre como Rafe Valdez no había llegado hasta allí permitiéndose caprichos. Danielle lo miró sin intentar disimular la indignación que sentía.

–Por favor, no me trate como a una estúpida.

Él bebió un poco, alzó la copa y la giró suavemente para estudiar el color y el cuerpo del vino durante unos segundos que a Danielle le parecieron interminables. Después, la miró a los ojos.

–Usted me intriga.

El corazón le dio un vuelco, y todos sus sentidos se pusieron en alerta. Solo una ingenua o una tonta habría sido incapaz de entender lo que aquello significaba, y Danielle no era ninguna de las dos cosas.

Su orgullo y su valentía le dieron fuerzas para decir con sangre fría:

–Con todas las mujeres de la ciudad, solteras o no, a sus pies – deliberadamente hizo una pausa y añadió con sarcasmo–: perdóneme, pero no acierto a entender esa fascinación.

El camarero sirvió el café y se retiró con amabilidad pero rápidamente al notar la tensión que había en el ambiente. Danielle reprimió su deseo de hacer lo mismo. Sabía que a Rafe Valdez no le iba a impresionar ningún gesto de esa clase.

–Mi padre y mi abuelo trabajaron en los viñedos de la familia de Alba antes de emigrar a Estados Unidos, y consideraban un honor trabajar para un terrateniente tan rico –no dejó de mirarla ni un instante–. Estará de acuerdo conmigo en que resulta irónico que el hijo de un inmigrante tenga el poder de rescatar a la nieta del reverenciado Joaquín de Alba.

Danielle tenía el corazón encogido.

–¿Se trata de una venganza?

Él sonrió fríamente.

–Solamente estaba explicando la situación.

Danielle observó cómo él echaba una cucharada de azúcar en el café, y le dio un sorbo al suyo. La traspasó con la mirada, y añadió con una expresión enigmática:

–Todo tiene un precio, ¿verdad?

Danielle tuvo el presentimiento de que la estaba manipulando.

–¿Qué es lo que quiere usted?

–Quiero un niño que lleve mi sangre, para que un día herede mi fortuna. ¿Y quién mejor que usted para darme un hijo que descienda de la aristocrática familia de Alba? –él observó su expresión, y vio primero la duda y luego la ira reflejadas en su cara.

–¿Está usted loco? –le preguntó muy alterada–. Hay muchísimos niños que no tienen familia en el mundo. Adopte uno.

–No.

Ella lo miró sin dar crédito.

–Es una cuestión de necesidades. Las suyas y las mías –Rafe hablaba con una expresión imperturbable.

–¡No lo es en absoluto!

La miró con los ojos entreabiertos, con una expresión tan implacable que daba miedo.

–Esa es mi oferta. O lo toma o lo deja.

Dios Santo. Aquello era un despropósito.

–Déjeme que aclare las cosas. ¿Me está pidiendo que me case con usted, que sea la madre de alquiler de su hijo... y que después desaparezca?

Él no fingió que no la entendía.

–No hasta que el niño empiece el colegio.

Sintió deseos de golpearlo, y estuvo a punto de hacerlo.

–¿Me está hablando de la guardería, de preescolar o del colegio?

–Del colegio.

–Casi siete años, si soy lo suficientemente afortunada como para quedarme embarazada enseguida.

–Sí.

–¿Y por eso tendré una recompensa de más o menos doscientos mil dólares al año? –ella hizo una pausa para controlar la indignación que sentía, y tomó aire para continuar–. ¿De modo que pudiéramos recuperar el ático y todos los objetos valiosos de Ariane, pagar las deudas y reabrir la boutique?

–Sí.

–¿Y qué pasa con los años que yo tendría que pasar siendo su esposa?

–Usted disfrutaría de todos los beneficios adicionales que conlleva vivir en mi casa, acompañarme a los eventos sociales, tener una generosa asignación –y esperó un momento antes de añadir–: y compartir mi cama.

Danielle lo miró con incredulidad.

–Perdóneme, pero no creo que acostarse con usted sea ningún incentivo.

–Esa es una afirmación sin sentido –contestó Rafe con un atisbo de sentido del humor–. Sobre todo en boca de alguien que no me conoce como amante.

Ella intentó borrar de su mente las imágenes de aquel poderoso cuerpo en la intimidad, y sostuvo su mirada mientras le contestaba:

–¿De verdad? ¿Y esa idea la ha sacado del comportamiento de las mujeres cuando están en su compañía y de incontables cumplidos del tipo «ha sido maravilloso, cariño»?

–¿Necesita usted referencias de otras personas sobre mi habilidad sexual?

No sabía por qué, pero Danielle tenía la sensación de que se estaba metiendo en arenas movedizas.

–Y cuando haya cumplido mi parte de este trato diabólico que usted ha ideado, ¿qué pasará?

–Sea más precisa.

–Después del divorcio.

–Eso habría que negociarlo.

–Quiero que me lo explique todo ahora. ¿Podría visitar a mi hijo? ¿O me apartaría del niño cuando ya no le fuera útil?

–Lo arreglaremos de la forma más conveniente.

–¿Conveniente para quién?

–No es mi intención borrarla de la vida del niño.

–Pero usted me limitaría el tiempo a las vacaciones y algún fin de semana que otro –estaba segura de que contrataría a los mejores abogados para asegurarse de que su influencia sobre el niño fuese total–. Y por supuesto, un contrato prenupcial le aseguraría que yo me iría después del divorcio sin un dólar.

–Podrá disfrutar de una residencia adecuada hasta que el niño sea mayor de edad.

–Me figuro que pondrá todo esto por escrito.

–Ya está –deslizó una mano dentro del bolsillo de la chaqueta y sacó un documento doblado–. Ha sido firmado ante notario –lo colocó en la mesa, ante Danielle–. Lléveselo, estúdielo a fondo y deme su respuesta en veinticuatro horas.

Le resultaba increíble estar allí sentada a esas alturas. El orgullo casi la había impulsado a dejarlo plantado una vez. Pero sabía que él no haría ademán de detenerla en una segunda ocasión.

–Lo que me está pidiendo es imposible.

–No está en situación de regatear.

–¿Me está amenazando con retirar su oferta?

–Yo no he dicho eso –la miró fijamente–. Esto es un negocio, ni más ni menos. Ya le he explicado las condiciones, usted es quien tiene que decidir ahora.

¿Realmente era tan cruel? Danielle se sintió mal mientras se ponía en pie y tomaba su bolso. Si permanecía más tiempo a su lado, acabaría por decir o hacer algo de lo que podría arrepentirse.

–Gracias por la cena –dijo. Sus palabras eran amables, pero no sinceras.

Rafe le hizo una seña al camarero.

–La acompaño al coche.

–No es necesario en absoluto –respondió fríamente mientras se dirigía hacia la salida. Se despidió del maître y salió a la calle. Solo había recorrido unos metros cuando él la alcanzó.

–¿Tiene tanta prisa por huir? –le preguntó Rafe, mirando cómo las luces de la ciudad iluminaban sus expresivos rasgos.

–Es usted muy inteligente.

Se movía tan deprisa como se lo permitían los tacones de aguja. Solo tenía que avanzar una manzana más y se vería libre de su presencia. Estaba contando los segundos.

–Buenas noches.

Él no se dio por enterado, la acompañó hasta el coche y no se movió de allí hasta que estuvo dentro. Danielle arrancó el motor y trató de cerrar la puerta, pero él la sujetó y se inclinó hacia ella.

–Veinticuatro horas, Danielle. Medítelo. Tiene mucho que ganar, y todo que perder.

Después se incorporó, y ella salió del aparcamiento y se perdió entre el tráfico.

Maldito. ¿Quién se pensaba que era ella, por Dios Santo?

«No contestes a eso», le dijo una voz interior mientras intentaba concentrarse para salir del centro de la ciudad.

En realidad, un matrimonio de conveniencia no era algo descabellado en aquellos días. La cuestión era si podría hacer un trato de esa clase con un hombre que le desagradaba tanto.

Un hijo. Sintió una punzada de dolor en el estómago solo con pensar en la idea de ser madre de alquiler. Rafe Valdez le había asegurado verbalmente que ella podría seguir siendo una parte importante en la vida del niño después del divorcio.

¿Era un precio demasiado alto?

Primero, decidió que un abogado examinase lo que le había dado por escrito.

Después, tomaría una decisión.

Capítulo 2

UNOS días después, Danielle estaba junto a Rafe Valdez en un cenador situado en los jardines de Toorak, la preciosa casa de Rafe. Allí iban a casarse, en presencia de Ariane y del abogado de Rafe, que iban a ser los testigos.

La semana anterior había pasado rápidamente, y cada día había sido más ajetreado que el anterior, porque había que formalizar muchos documentos y arreglar todos los asuntos de Ariane antes de la boda.

Justo después de que se casaran, Rafe Valdez iba a firmar una declaración que autorizaba el pago de todas las deudas de Ariane y garantizaba la devolución de todas sus propiedades.

La riqueza equivalía al poder, y él la usaba sin contemplaciones para lograr su objetivo. Danielle alargó la mano para que él le pusiera el anillo, y después sintió un ligero temblor cuando le devolvió el gesto.

–Puede besar a la novia.

Oyó aquellas palabras y, por un momento, sintió pánico mientras él sostenía su cara entre las manos y le daba un beso sensual que removió algo dentro de ella.

La sorpresa hizo que abriera mucho los ojos antes de bajar la mirada y esbozó una sonrisa forzada mientras recibía las felicitaciones del oficiante de la ceremonia, Ariane y el abogado.

Danielle notó en el abrazo de Ariane que estaba preocupada. Ya había llevado a cabo lo que había decidido, y se las había arreglado para convencer a su madre de que aquella decisión no era un capricho provocado por la locura. Pero en aquel momento, sin embargo, no se sentía tan segura de sí misma.

La ruina se había alejado de ellas, habían saldado todas las deudas y habían recuperado todos los valiosos objetos de la familia. Estaba a punto de pagar por todo aquello.

El hombre que estaba a su lado era una incógnita para ella, y antes de que se hiciera de noche, le brindaría su cuerpo y se unirían en la intimidad.

Ser consciente de aquello la hacía sentirse muy insegura.

En los días previos a la boda solo lo había visto una vez, en el despacho de su abogado, cuando firmó el contrato prematrimonial.

Otro día la había llamado por teléfono para comunicarle el día, el lugar y la hora en que se celebraría el matrimonio.

Aquella misma mañana, su ropa y todos sus objetos personales habían sido trasladados a casa de Rafe, y ella había llegado una hora antes de la boda. Había entrado en el gran recibidor de la mansión con Ariane, donde Rafe las había saludado y les había presentado al ama de llaves, Elena. Después, Danielle había subido a su habitación.

Se había puesto un vestido clásico, de seda color

marfil, y la única concesión que le había hecho a su papel de novia era la rosa blanca que llevaba en la mano. Se había recogido el pelo y apenas iba maquillada.

Cuando vio a Rafe con un traje y una camisa blanca impecables, consiguió reprimir su deseo de huir.

Tenía un aspecto de hombre indómito, fuerte y poderoso. La sensación se veía reforzada por su altura y su impresionante anchura de hombros. Además, tenía algo vagamente primitivo.

El oficiante le entregó a Rafe el certificado de matrimonio, hizo los cumplidos de rigor y se marchó.

Había champán y Danielle tomó un poco aunque era consciente del efecto que podía provocar, dado que no había comido más que una tostada en el desayuno y una ensalada en la comida.

Le pareció frívolo e incluso hipócrita el brindis que el abogado de Rafe hizo por su matrimonio y los canapés que se ofrecieron no le resultaron tentadores.

Rafe percibió una sombra de preocupación por su hija en el rostro de Ariane, y le ofreció algo de comer a la mujer que llevaría su apellido a partir de entonces. Vio cómo saltaban chispas de aquellos ojos marrones, y por un momento pensó que rechazaría el bocado. Seguramente si hubieran estado solos lo habría hecho. El abogado murmuró algo que Danielle no pudo oír, y Rafe dejó su copa en una mesa.

–¿Puedes acompañarme un momento al despacho, por favor?

Después de la boda, había que firmar un certificado y el trato que habían hecho estaría completamente cerrado. Ella tendría que cumplir su parte... entregar su cuerpo y darle un hijo.

Sintió un nudo en el estómago. Ya no podía permitirse tener dudas sobre lo que había hecho.

El abogado y Ariane se marcharon al mismo tiempo, y Danielle observó cómo se alejaban el pequeño coche de su madre y el BMW último modelo del abogado. Rafe se dirigió al vestíbulo, y ella lo siguió.

–La habitación principal está arriba y tiene vistas al jardín. Y tienes la piscina, por si quieres refrescarte –le indicó, señalando la escalera que conducía al piso de arriba–. Elena ha deshecho tus maletas, y cenaremos en media hora.

Ella entendió aquello como un «hasta luego» y sintió alivio cuando subía las escaleras.

Se notaba la influencia española en los suelos de mármol blanco, los armarios de caoba y las obras de arte que adornaban las paredes. Había una fuente en el vestíbulo, y una preciosa lámpara de cristal colgaba del altísimo techo.

Arriba estaban las habitaciones de invitados, la sala de estar y el dormitorio principal con dos vestidores y un cuarto de baño con una gran bañera.

Todos sus cosméticos estaban perfectamente colocados en el mostrador de mármol del baño, sus zapatos y su ropa en el vestidor, y su lencería en los cajones.

Le echó un vistazo al resto de la habitación y observó el agradable color crema de las paredes, los preciosos armarios y el tocador. Resultaba imposible no detener la mirada en la enorme cama, del mismo modo que le resultaba difícil olvidarse de los nervios y del dolor de estómago que sentía.

«¡Contrólate! Rafe Valdez es un hombre como todos», se dijo con irritación.

Sin embargo, la perspectiva de acostarse con un hombre al que apenas conocía, aunque estuviera casada con él, la hacía sentirse muy incómoda.

En realidad, lo único que tenía que hacer era dormir con él y permitir que sus cuerpos se fundieran en uno. A lo mejor tenía suerte, se quedaba embarazada rápidamente y él la dejaba tranquila.

Dejó escapar un suspiro y desvió su atención de la cama. No sabía si debía cambiarse de ropa para la cena. Tampoco pensaba que Rafe tuviera suficiente tiempo para hacerlo y ponerse algo más informal.

–Supongo que has tenido tiempo para ver un poco la distribución de la casa –Danielle oyó una voz grave que llegaba desde la puerta y se dio la vuelta.

Él llevaba la chaqueta en el hombro, y se había aflojado la corbata.

–Tienes una casa muy bonita –no creía que jamás pudiera llamarla «hogar».

–Gracias –contestó él mientras miraba las curvas de Danielle–. La cena está casi lista.

–Bajo en un momento –se decidió rápidamente a cambiarse de ropa. Entró en el vestidor y se puso un vestido rojo. Se retocó los labios y salió al dormitorio. Rafe la estaba esperando, y ella aguantó con serenidad su examen. Salió de la habitación delante de él.

Calma y aplomo. Sabía perfectamente cómo comportarse, y se metió con facilidad en el papel cuando se sentó a la mesa.

Había más champán, y Danielle sopesó la idea de abandonarse a los efectos del alcohol, aunque finalmente decidió alternar el champán con agua mineral.

Elena había preparado un auténtico banquete, y Danielle intentó hacerle los honores en cada plato.

–¿No tienes hambre?

–No demasiada.

–Relájate –le pidió Rafe bruscamente–. No voy a tirar todos los vasos y platos y violarte encima de la mesa.

Él vio cómo abría los ojos con sorpresa y después bajaba la mirada. Era todo un experto leyendo los pensamientos de la gente.

Muchas de las mujeres que él conocía habrían empezado a jugar al juego de la seducción, excitadas por la expectativa de dejar fluir su sensualidad bajo las sábanas y seguras de que el acto sexual les proporcionaría placer.

Sin embargo, la mujer que tenía delante estaba muy nerviosa; se notaba en la forma de moverse y de mirarlo.

–Me siento muy aliviada de saberlo –dijo mientras dejaba a un lado el tenedor. Se veía incapaz de comer nada más. Se imaginó aquel cuerpo poderoso arrasando todo lo que había en la mesa y aplastándola bajo su peso...

–¿Quieres algo de postre?

–No –¿era su voz la que había respondido? Sonaba tranquila, cuando en realidad era todo lo contrario–, gracias.

Elena entró en el comedor, recogió los platos, asintió con la cabeza cuando Rafe le dijo que tomarían el postre y el café luego, y se marchó.

Danielle necesitaba charlar un poco, y le preguntó:

–¿A qué edad te marchaste de Andalucía?

–¿Ha llegado la hora de las preguntas? –contestó él, arqueando una ceja.

Ella jugueteó con la copa y se la puso a la altura de los ojos para mirar a través del cristal. Vio pequeñas arrugas alrededor de sus ojos, y las hendiduras apenas visibles que tenía en las mejillas. Tenía unos rasgos muy marcados, y una boca... Danielle todavía sentía la caricia de sus labios en el beso de la boda, y el lento movimiento de su lengua.

–Todo lo que sé sobre ti se reduce a las habladurías –contestó tranquilamente.

–¿Si consiguieras más información las cosas cambiarían? –en aquella pequeña burla había algo de cinismo y un carácter que Danielle se resistía a explorar.

–En absoluto.

–Pero aun así tú prefieres ahondar en mi pasado y descubrir qué es lo que me convirtió en el demonio desalmado que soy ahora. ¿Para qué? –sonreía con los labios, pero no con la mirada–. ¿Para entenderme mejor?

Ella le siguió el juego.

–Para separar la realidad de la ficción.

–Fascinante.

–Sí, ¿verdad?

–No te interrumpas, Danielle.

No le prestó atención al ligero tono de advertencia que había en su voz.

–La leyenda cuenta que te criaste en las calles de Chicago, que perteneciste a una banda callejera y que cometiste delitos.

–¿Y tú lo crees? –el tono se había hecho suave y peligroso.

Lo observó atentamente, intentando ver detrás de la apariencia, consciente de que a muy pocos les estaba permitido acercarse tanto a él.

–Creo que hiciste cualquier cosa necesaria para sobrevivir.

–Un pasado difícil, ¿verdad?

Llegar a poseer una fortuna tan grande le había costado arriesgar la vida y vivir al límite.

–¿Hay algo de verdad en todo eso?

–Algunas cosas –su expresión se mantuvo inalterable.

Había pertenecido a la calle, había sido un luchador.

–Pero en algún momento te diste cuenta de que aquello no merecía la pena.

Tenía que agradecerle a un duro policía que hubiese cambiado su vida. Un hombre que había descubierto el potencial de aquel muchacho bravucón. Él lo adoptó y dirigió su ira hacia las artes marciales, que disciplinaron su cuerpo y su mente. La espiritualidad canalizó toda aquella energía en la dirección correcta. Y la fe de un hombre en su capacidad de triunfar.

Entonces volvió a la escuela, consiguió una beca y trabajó mucho hasta que se graduó con honores. Aquel policía le había hecho un maravilloso favor que le dio la oportunidad de enderezar su vida y... el resto era historia.

Nadie sabía que había arreglado el plan de jubilación del policía y que complementaba con mucho su pensión. O que donaba fondos para que los chicos que vivían en la calle tuvieran polideportivos. Él mismo visitaba esos centros cada vez que viajaba a los Estados Unidos.

–Digamos que tomé la determinación de respetar la ley –dijo Rafe con un deje de ironía.

–¿Es todo lo que vas a contarme?

–Por ahora sí.

–Pero no has contestado a mi primera pregunta.

–Tenía nueve años –y la vida, él lo sabía bien, había cambiado por completo. Al llegar a Chicago empezaron la tensión y los problemas familiares: su padre no había podido encontrar trabajo y al final había abandonado a su familia. La falta de recursos económicos había marcado su adolescencia y le había quitado a sus padres a una edad muy temprana.

Estaba oscureciendo, y Danielle observó cómo los colores se difuminaban. La llegada de la noche le confería un matiz de irrealidad a las cosas y había una calma extraña.

–¿Más champán?

Danielle era incapaz de deducir nada de su expresión.

–No, gracias.

–Vamos al salón. Elena nos servirá el café.

–¿Elena vive en la casa?

–No. Viene de martes a sábado con su marido, Antonio. Elena cuida de la casa y me prepara la cena, y Antonio se ocupa del jardín, la piscina y el mantenimiento.

Danielle se tomó un café solo muy despacio

¿Cuánto tiempo pasaría antes de que sugiriera irse a la cama? ¿Una hora... o menos?

Una parte de su ser quería el asunto del sexo zanjado de una vez, pero otra parte habría deseado ser capaz de jugar al juego de la seducción.

–La boutique está preparada en Toorak para que Ariane pueda recibir ya todo el género. He organizado el traslado para mañana –la informó Rafe.

–La llamaré y quedaré con ella allí.

–¿No se te está olvidando algún detalle?

Lo miró con recelo, sin decir una palabra.

–Ahora eres mi mujer.

–Ariane y yo somos socias. No sería justo por mi parte dejarla sola cuando hay que organizar todas las prendas en un local nuevo.

Él la miró tomándose un tiempo para contestar.

–¿Y qué pasa si lo he dispuesto todo de manera que no estés disponible para ayudar a tu madre?

–¿Lo has hecho?

–Tenemos un compromiso mañana a las dos para jugar al tenis.

–Entonces tengo toda la mañana libre para ayudar a Ariane –respondió con calma.

–No tienes ninguna necesidad de trabajar.

–¿Quieres que me quede en casa sin hacer nada todo el día, esperando que tú llegues por la noche a ocuparte de mí?

–Por Dios –dijo con suavidad–. ¿Ocuparme de ti?

Había algo en su voz que la llenó de temor.

–Dado que el principal objetivo es que me quede embarazada, los encuentros sexuales deberían reducirse a los días fértiles de mi ciclo.

Era imposible deducir lo que pensaba por la expresión de su cara. Sería un excelente jugador de cartas, pensó Danielle. Pero aquello no era un juego.

–¿Como una yegua de cría?

La suavidad con que lo dijo era engañosa, y aunque podría jurar que él no había movido un solo músculo, había adquirido una actitud despiadada.

–¿Por qué no llamamos a las cosas por su nombre?

La miraba fijamente, y ella tuvo que hacer un esfuerzo para no estremecerse al sentir el poder que emanaba de aquellos ojos negros. Su intensidad asustaba.

–Vamos a dormir en la misma cama todas las noches –dijo él.

–¿Pretendes hacer uso de tus derechos matrimoniales?

–¿Tenías la esperanza de que no lo hiciera?

–Sí.

–Pues te equivocaste.

–Eso es... –casi no podía articular palabra– bárbaro.

–Dudo mucho que hayas experimentado el significado de esa palabra.

Ella alzó la barbilla. Los ojos le brillaban de rabia mientras lo miraba.

–¿Acaso esperas que suba las escaleras contigo tan tranquila?

–Por tu propio pie, o te llevo en brazos –se encogió de hombros–. Tú eliges.

–Tienes la sensibilidad de un buey.

–¿Qué te imaginabas? ¿Que ibas a oír palabras de amor?

Danielle se dirigió a las escaleras y dijo:

–Sería tan afortunada...

Lo que había dicho era una tontería, pensó, enfadada consigo misma, mientras llegaba al piso de arriba y entraba en el vestíbulo que conducía a su habitación.

Los nervios que tenía en el estómago se intensificaban a cada paso que daba, y era demasiado consciente del hombre que caminaba a su lado.

No pudo evitar pensar en lo que significaba aquella enorme cama cuando entró en la habitación.

Caminaba con pasos vacilantes. Esperaba que no se notase. Ya no era momento para tener dudas. Sin decir una palabra, se quitó los zapatos y fue hasta los cajones donde estaba guardada su lencería. Tenía un camisón de satén con encaje, regalo de Ariane, que descartó. En su lugar, eligió una camiseta de algodón y se fue hacia el baño.

Una ducha la ayudaría a relajarse.

Por orgullo, tardó muy poco en ducharse. Después, se puso la camiseta y entró en la habitación.

Se quedó sin respiración cuando vio a Rafe abriendo la cama.

Llevaba una toalla a la cintura que realzaba su cuerpo y dejaba ver los músculos cada vez que se movía.

Tenía la piel morena. Una sombra de vello oscuro se extendía por su pecho, y continuaba en línea hasta el ombligo. Sus caderas delgadas y sus muslos poderosos completaban una imagen que irradiaba poder en estado puro. Tenía una alquimia primitiva que producía fascinación e inquietud al mismo tiempo.

Ella parecía casi una adolescente con la cara lavada y la coleta, pensó Rafe, cuando percibió su vacilación.

Capítulo 3

QUÉ lado de la cama prefieres?

–¿Es importante?

Demonios. ¿Qué podía decir? «¿Esto no se me da bien?»

Se acercó y se metió en la cama, atenta a los movimientos de Rafe mientras se quitaba la toalla. Rápidamente desvió la mirada.

–¿Puedes apagar la luz, por favor? –¿era aquella su voz? Parecía que se estaba ahogando.

–No.

Cuando él se acostó, Danielle notó cómo el colchón se hundía un poco.

–Quítate esto, hmm.

Sintió cómo le deslizaba las manos por las caderas cuando agarró el borde de la camiseta y se la quitó. Iba a protestar, pero se quedó sin habla mientras instintivamente cruzaba los brazos sobre el pecho para intentar taparse. No tenía pudor, pensó Danielle con rencor mientras observaba su poderoso cuerpo y su excitación.

Dios Santo, ¿cómo iba a poder albergarlo?

Rafe le agarró la muñeca y le retiró el brazo del pecho, y ella bajó la mirada para protegerse. Lo único que consiguió fue que le alzara la barbilla.

–No te escondas.

La suave reprimenda la hizo ruborizarse, y abrió los ojos de par en par.

–Es posible que tú estés acostumbrado a acostarte con mujeres a las que acabas de conocer –dijo mientras él le dibujaba suavemente el contorno de los pechos–, pero a mí no me resulta cómodo hacerlo con alguien a quien apenas conozco.

Su cuerpo la traicionó y empezó a responder a las caricias con una excitación evidente. ¡Maldito! ¿Sabía lo que la estaba haciendo?

Lo sabía perfectamente. Danielle apretó los dientes para no dejar escapar un gemido mientras él le acariciaba un pezón. Rafe le rozó la sien con los labios.

–Por favor –dijo Danielle. La voz le temblaba mientras señalaba la lámpara.

–Quiero ver cómo reaccionas a mis caricias –susurró mientras su boca buscaba el camino hacia la de ella.

Con una suave presión hizo que sus hombros descansaran sobre el colchón, y ella alzó una mano para no dejar que se acercara. Pero aquel movimiento resultó inútil y sintió que Rafe le recorría los labios con la punta de la lengua, y después la deslizaba dentro de su boca para darle un beso largo y profundo. Sabía cómo hacer que una mujer perdiera la cabeza, y la llevó hasta un punto en el que su respuesta no tuvo freno.

Estaba tan subyugada por el placer, que no se dio cuenta de que las manos de Rafe habían viajado hasta su cintura y se dirigían lentamente al punto de unión entre sus muslos. Su cuerpo se tensó cuando él rozó la húmeda hendidura, y no pudo evitar que una débil protesta se le escapara cuando él tomó entre los dedos la parte más sensible de su cuerpo y la acarició hasta que ella no pudo soportarlo más e instintivamente le empujó los hombros.

Un sonido profundo salió de su garganta cuando él introdujo un dedo para imitar el acto sexual, y arqueó el cuerpo para escapar de aquel beso interminable. Estaba disfrutando increíblemente, pero al mismo tiempo lo odiaba por alterarla de aquella manera.

Danielle casi gritó de alivio cuando dejó de besarla en la boca y empezó a mordisquear la curva de su cuello. Después, se dirigió hacia su pecho y jugueteó con el pezón hasta que ella le enredó los dedos en el pelo e intentó que parara. Pero siguió lamiéndola y empezó a descender hasta la cintura y el vientre.

Él no iría a... A Danielle le temblaban las manos, y él se las sujetó sin ningún esfuerzo mientras le daba el beso más íntimo de todos.

Se resistió e intentó separarse con las piernas y los pies, pero él se ajustó a su cuerpo con facilidad y continuó recreándose en la sensualidad de aquella caricia, que hizo que Danielle volara hasta regiones del placer que desconocía por completo. Perdió la noción del tiempo y del espacio y se abandonó a aquella sensación maravillosa.

Él sintió cómo temblaba, y escuchó sus gemidos. Con un movimiento ágil se puso a su nivel y le abrió suavemente los muslos para penetrar en ella.

Estaba tensa a pesar de todo, y la tomó despacio, totalmente consciente del instante de pánico que estaba experimentando mientras intentaba soportar la presión. Gimió cuando él se retiró un poco para facilitar el movimiento, hasta que consiguió entrar en ella completamente.

Cielo Santo. Danielle tuvo una sensación casi dolorosa mientras se amoldaba a él.

Empezó a moverse lentamente, y ella sacudió la cabeza de un lado a otro incapaz de controlar todas aquellas sensaciones. Sabía que la estaba observando, y lo miró mientras intensificaba el ritmo a medida que ella se adaptaba.

Entonces experimentó de nuevo aquella sensación poderosa, casi insoportable, que la arrastró a la cima del goce e hizo que perdiera el control. Muy pronto, él la siguió por aquel camino mientras ella se maravillaba del alcance de su pasión.

Nunca había experimentado nada parecido. Él había conseguido satisfacerla y la había colmado.

¿Aquel era el hombre con el que se había casado solo cuatro horas antes? Se preguntó si aquella era solo una noche extraordinaria o si siempre era así. No era de extrañar que las mujeres lo desearan, se dijo, todavía temblando.

Un instante más tarde, emitió un sonido ronco de sorpresa cuando notó que él rodaba para apoyar la espalda sobre el colchón y la colocaba sobre él. Tenía los ojos más negros que nunca y le brillaban de deseo. Le enredó los dedos en el pelo.

–¿Qué haces?

–Soltarte la coleta.

La melena le cayó por los hombros y él la acarició. Después, le tomó la cara con las manos y le dio un beso profundo.

Así que sabía besar, pensó débilmente. De uno a diez, le daba un veinte. Era un maestro de la sensualidad, y sabía provocar en ella exactamente lo que quería.

«Recuerda, Danielle, que odias a este hombre». Tenía varios motivos para hacerlo: había trazado un plan diabólico para librarla de todas sus deudas a cambio de varios años de su vida y de un hijo.

Gruñó débilmente y consiguió zafarse de su boca y apartarlo.

–Me gustaría dormir un poco –creía que ya había sido suficiente.

Pero cuando había pronunciado aquellas palabras, sintió cómo volvía a crecer dentro de ella. Su erección se hizo tan grande que la llenó por completo.

No era posible que fuera tan rápido.

–Después dormirás –dijo Rafe mientras dirigía las manos de la cintura hacia el pecho de Danielle–, después.

Le acarició los pezones con los nudillos, suavemente, y después siguió el camino que conducía hasta la unión de sus muslos como si la rozara con una pluma. Le temblaba el cuerpo mientras aquella marea de sensaciones la invadía y se apretó contra su pecho cuando él empezó a moverse. El ritmo se acrecentó hasta que llegó al éxtasis.

Intentó controlar la respiración y no se dio cuenta de que su piel ardía de sensualidad, ni de que tenía un brillo mágico en los ojos después de tanta pasión.

Rafe la hizo girar para colocarse encima de ella y conseguir su propio placer, y sus embestidas fueron tan fuertes que, de no haber controlado su deseo, la habría dejado dolorida. Podía ser que estuviera equivocado, pero debía de haber tenido muy pocos y mediocres compañeros sexuales.

O era muy buena actriz, cosa poco probable.

Se separó de ella con cuidado, y se puso de pie al lado de la cama.

–Vamos a ducharnos.

–No voy a ducharme contigo.

–Sí.

La tomó en brazos sin que ella pudiera protestar y la llevó al baño.

–¡Bájame! –Danielle le estampó el puño contra el hombro mientras él entraba en la ducha–. ¡No te atrevas!

Estaba demasiado cerca, y después de todo lo que habían compartido, no quería tenerlo enfrente.

–¿Es que ni siquiera puedes respetar mi intimidad? –le preguntó cuando él empezó a frotarla con el jabón.

–Acostúmbrate –dijo Rafe cuando ella se intentó zafar de él.

No lo consiguió, y le lanzó una mirada cargada de veneno.

–¡Te odio!

Él atrapó el puño que se dirigía directamente a sus costillas.

–No lo intentes, no lo vas a conseguir.

Era alto, fuerte y podía esquivar cualquier cosa que quisiera lanzarle. Aunque ella también podía usar algunas armas, cosa que no dudaría en hacer si tenía que pararle los pies en algún momento.

Dio un grito de rabia cuando él la levantó y le

puso las piernas en su cintura. Ya no había ni rastro de buen humor, y se sintió inquieta.

–¿Quieres jugar?

Danielle estaba demasiado enfadada como para tener en cuenta la advertencia que encerraba aquella pregunta, y sin pensarlo lo mordió en el hombro. Lo oyó protestar, y un segundo después, notó que él, a su vez, le mordía en la parte baja del pecho. Cuando alzó la cabeza, lo miró asombrada durante unos segundos que parecieron eternos, y él atrapó su boca con un beso de intensidad salvaje.

Aquel beso hambriento le sacudió el alma a Danielle.

No podía moverse porque estaba totalmente atrapada por su cuerpo y su boca y desesperadamente empezó a propinarle puñetazos donde podía, sin ningún resultado.

No supo cuánto tiempo duró aquello. Tal vez solo fueran unos minutos hasta que dejó de besarla.

Su imagen llenaba por completo su campo de visión. Tenía los rasgos perfectamente modelados, y los ojos negros como el pecado. Era fascinante y no tenía piedad.

¿Aquel era el hombre que la había conducido por el camino del placer? Le había descubierto la sensualidad más salvaje y su cuerpo todavía vibraba al recordar cómo la había poseído.

De repente, notó la fina lluvia de la ducha, la vio caer por la espalda de Rafe y sintió su respiración entrecortada.

En aquel momento, el día, lo que había significado en su vida, Rafe, todo, le pareció demasiado y luchó contra toda aquella agua que le inundaba los ojos. «Oh, por Dios, no llores», pensó. Tan solo una lágrima habría sido un signo evidente de debilidad que ella no se habría permitido.

Por orgullo, continuó allí de pie luchando contra todas las emociones que amenazaban con destruir cualquier resto de compostura.

Lentamente, él le acarició cada mejilla. Notaba los labios hinchados y adormecidos, y no se movió cuando él se los recorrió con los dedos.

–Sal –dijo él con voz ronca mientras abría la puerta de la ducha.

Al oírlo, sus músculos empezaron a moverse y salió. Necesitaba escaparse de su presencia, por eso tomó una toalla y se envolvió en ella rápidamente. En la habitación, ya seca y con la camiseta en su sitio le echó una mirada a la cama; las sábanas estaban revueltas y las almohadas fuera de las fundas, y decidió dormir en otra parte.

–Ni lo pienses –dijo Rafe.

–No quiero dormir contigo –dijo con tranquilidad, firmemente.

–Lo que no quieres es hacer el amor conmigo –la corrigió–. Ahora, la palabra adecuada es dormir, y nosotros vamos a compartir la misma cama.

–No.

–No recuerdo haberte dado a elegir.

–¡Vete al diablo! –le contestó. Estaba furiosa.

–Supongo que no quieres que te lleve en brazos –dijo mientras la atravesaba con la mirada.

–Y lo que ha pasado en la ducha, ¿qué ha sido? ¿Un ejercicio de sometimiento?

–No tendrías que haberme mordido –dijo Rafe con una suavidad helada.

–Si querías una mujer sumisa y obediente, deberías haberte casado con otra.

–Pero te elegí a ti. Mi objetivo está claro, ¿o ya se te había olvidado?

Danielle apartó la mirada de su rostro.

–Si vuelves a tocarme esta noche...

–¿Vas a luchar a vida o muerte? ¿Me vas a sacar los ojos? –se inclinó hacia la cama y arregló las sábanas y las almohadas–. Ten cuidado porque tengo el sueño muy ligero.

–No puedes...

–¿No?

–¡Eres un auténtico tirano!

Rafe se quitó la toalla que llevaba en la cintura y la arrojó a un lado.

–Métete en la cama, Danielle.

–¿Y qué pasa si no obedezco?

–Yo mismo te meteré.

Por el momento, rendirse era la decisión más sabia. Aunque no se sintió precisamente bien mientras se deslizaba dentro de las sábanas. Le dio la espalda y se abrazó a la almohada, a modo de desafío.

Pero él no pareció darse por enterado. Simplemente apagó la luz y ella se quedó allí, en la oscuridad, escuchando el ritmo tranquilo de su respiración mientras se quedaba dormido.

¿Cómo podía quedarse dormido tan fácilmente? ¿No le inquietaba estar tan cerca de su enemigo? ¿O es que un sexto sentido lo despertaba con el sonido más suave o el más ligero movimiento?

Danielle se preguntó qué habría vivido durante su juventud para haberse formado una coraza tan dura. ¿Había sido tan difícil la vida para él, que no tenía corazón?

¿Sería posible que una mujer cambiara su forma de ver las cosas? ¿Sería *ella* capaz?

Dios Santo, ¿en qué estaba pensando? La única cosa que tenía que aportar en su vida era un hijo, y después del tiempo acordado, marcharse.

Además, ¿qué mujer en su sano juicio aceptaría a su lado a un hombre como Rafe Valdez?

Seguramente muchas, admitió de mala gana. Todo su dinero le garantizaba la adoración de la mujer espectacular, la perfecta anfitriona y amante seductora que tendría por esposa. Y con toda probabilidad, estaría deseando tener un hijo con él.

Así que ¿por qué la había elegido a ella, cuando podría haber tenido a cualquier mujer? ¿Solo porque se rebelaba y no se conformaba fácilmente, y prefería luchar por aquello que le importaba, incluso cuando no era beneficioso para ella?

Quizás fuera simplemente casualidad. Y tampoco podía olvidarse de que ella pertenecía a la familia de Alba.

¿Pero aquello era importante?

Suspiró e intentó relajarse, cosa nada fácil porque estaba tumbada en el borde del colchón.

Estaba empezando a notar la tensión en los músculos. Le dolía todo, por dentro y por fuera. El mordisco de venganza que él le había dado le escocía, y se tocó con la lengua el interior de la boca, que él había magullado con sus besos.

Se habría puesto a llorar. ¿Acaso no se le atribuían al llanto propiedades calmantes?

Una lágrima le resbaló por la mejilla y se la secó rápidamente con irritación.

Después de un rato, se quedó dormida y volvió a despertarse cuando sintió las caricias de Rafe. La luz del amanecer entraba por las contraventanas.

¿Era así por las noches y por las mañanas? A lo mejor, si se quedaba quieta...

Ingenua, pensó unos minutos después, cuando empezó a notar el calor de la pasión en su cuerpo. Él la hizo perder la cabeza, y le respondió con todos sus sentidos.

Después volvió a dormirse, y cuando se despertó aquella mañana, el otro lado de la cama estaba vacío.

Capítulo 4

DANIELLE miró la hora en el despertador, se levantó de un salto y marcó en el móvil el número de su madre.

–Cielo Santo, hija mía, no esperaba que vinieras hoy por la mañana. Puedo arreglármelas perfectamente sola.

–Entre las dos lo organizaremos todo en la mitad de tiempo –dijo mientras se dirigía al vestidor, tomaba unos vaqueros, una camiseta y una muda limpia.

–¿Estás segura de que a Rafe no le importará?

Danielle sostuvo el teléfono entre el oído y el hombro mientras empezaba a ponerse las braguitas.

–No veo por qué tendría que importarle. Como ya sé que solo tenemos planes para esta tarde, volveré a casa a tiempo.

Después se puso los vaqueros.

–¿Quieres que pase a recogerte? Tengo el coche, ¿recuerdas?

Demonios. Se le había olvidado.

–De acuerdo. Estaré preparada en veinte minutos. Te espero en la puerta.

Se llevó un susto cuando sintió que alguien le quitaba el teléfono móvil de la mano.

Rápidamente, se dio la vuelta para recuperarlo.

–¡Devuélvemelo!

Rafe se puso el teléfono al oído.

–¿Ariane? Vamos hacia la tienda. Nos vemos allí.

Después colgó.

Danielle le lanzó una mirada furiosa.

–¿Qué te crees que estás haciendo?

–Me parece que se llama ayudar.

Se dio cuenta de que estaba medio desnuda y se puso el sujetador y la camiseta en un tiempo récord. Después se calzó unas zapatillas de deporte.

–No es necesario –le dijo, y entró en el cuarto de baño para hacerse una coleta y darse brillo en los labios.

Él todavía seguía allí cuando salió.

–No has comido nada.

Danielle tomó su teléfono y el monedero y pasó a su lado.

–Ya tomaré algo después.

–Me ocuparé de que lo hagas.

–No me gustan los hombres autoritarios.

–Me han llamado cosas mucho peores.

–No lo dudo –le respondió en tono burlón.

Bajó las escaleras ágilmente y consciente de que la seguía. Un minuto después, el Jaguar último modelo de Rafe se dirigía hacia Toorak Road.

La situación de La Femme era ideal, rodeada de tiendas de ropa exclusivas y de una tienda especializada en cafés de todo el mundo y en comida para gourmet.

Danielle tenía que reconocer que Rafe era más que eficiente, porque le había consultado todo a

Ariane, había encargado exactamente lo que ella le había dicho, y se había asegurado de que la reforma del local estuviera terminada a tiempo para organizar todo el género cuando llegara. Además, Ariane había dejado de pensar que era un ogro cuando dio su autorización para importar lencería francesa.

Los bancos habían vuelto a concederles crédito y, con el apoyo financiero de Rafe Valdez, los representantes de los mayoristas habían cambiado por completo de actitud.

Parte del género había llegado el día anterior, y lo que faltaba llegaría al día siguiente.

–Con que me dejes aquí es suficiente –le dijo a Rafe mientras se bajaba del coche–, tomaré un taxi para volver a casa.

Paró el motor y la siguió mientras ella lo miraba fijamente.

–No hace falta que lo inspecciones todo.

–Al contrario, tengo por costumbre ocuparme personalmente de todas mis inversiones.

Danielle vio a Ariane en el interior comprobando las prendas que había en las cajas.

¿Era cosa de su imaginación, o su madre se la quedó mirando más tiempo de lo normal? ¿Estaría buscando señales de que Rafe la había maltratado?

Podía asegurarle que no había ninguna. Por lo menos, ninguna visible.

–¿Nos ponemos a trabajar? –preguntó Rafe

–¿Te vas a quedar? –Ariane le devolvió la pregunta.

–¿No te parece bien?

–Por supuesto que sí –contestó con una sonrisa–. Hay que ordenar el género por colores, tallas y estilos. Me gustaría organizar hoy los expositores y el escaparate. Danielle, tú separa las prendas y las vas colocando.

–¿Y yo qué tengo que hacer?

–Ve a buscar las cajas y las traes aquí –dijo Danielle con calma.

Se pusieron a trabajar y, después de un buen rato, Rafe dijo:

–Voy a ir por algo de comer. ¿Qué os apetece?

–Yo he traído sándwiches y una botella de agua. Están en la nevera del almacén.

Danielle se levantó del suelo, estiró los brazos y dijo:

–Yo los traigo.

–Vamos contigo, cariño. Será estupendo sentarse diez minutos a descansar.

No quedaba mucho sitio libre en el almacén. Había estanterías en todas las paredes, una mesa y dos sillas. Danielle puso los sándwiches y el agua en la mesa.

–Muchas gracias a los dos –dijo Ariane con satisfacción–. Ya solo nos quedan algunos expositores y el escaparate.

Durante todo el tiempo, Danielle había sido muy consciente de la presencia de Rafe, de la facilidad con que se movía, del suave roce de sus dedos cuando le pasaba alguna caja y de cómo se la quedaba mirando una fracción de segundo más de lo necesario.

Aquello la inquietaba. Y lo que era peor, la hacía pensar en lo que habían compartido la noche anterior y en lo que compartirían. En los ojos de Rafe ardían la pasión y el deseo.

Después de comer, Ariane se puso a ordenar y Danielle empezó a colocar el escaparate. Rafe se quedó donde estaba, y ella le dijo:

–No hace falta que te quedes. Voy a volver a casa con tiempo suficiente para ducharme, cambiarme y estar lista antes de las dos.

Él le apartó un mechón de pelo de la cara y se lo colocó detrás de la oreja.

–No.

Se le aceleró el pulso y no pudo hacer nada para frenar el calor que le recorrió las venas, porque su cuerpo respondía involuntariamente. Lo maldijo en silencio.

Aclaró los vasos y los colocó en el armario, y después cruzó el almacén consciente de que la seguía.

Se puso a trabajar y creó un montaje muy original para el escaparate. Vistió tres maniquíes con prendas de La Perla y añadió tul y lazos de satén. Apoyó un catálogo con fotografías en una silla tapizada de raso, y lo adornó con un liguero francés de encaje.

Después de un examen minucioso y unos pequeños retoques, su madre dio el visto bueno.

Todo lo que les quedaba por hacer era adornar las vitrinas del interior, y Ariane les aseguró que ella se las arreglaría muy bien sola.

–¿Estás segura?

–Por supuesto, cariño. Además, seguro que tenéis planes para esta tarde.

Danielle recordó consternada el partido de tenis. Su reaparición en sociedad. Prefería pasar la tarde en una tumbona al borde de la piscina, leyendo, que jugar al tenis y soportar las miradas de todos los invitados.

–Sí, tenemos planes –Rafe notó algo de preocupación en la mirada de Danielle.

–Pues entonces tenéis que marchaos ya –dijo Ariane mirando el reloj–. Es casi la una –le dio a su hija un beso en la mejilla–. Pasadlo bien y muchas gracias por vuestra ayuda.

–Hasta mañana.

La tienda había renacido, y estaba bonita... realmente preciosa, tuvo que reconocer Danielle mientras entraba al coche.

–Mañana por la mañana te acercaré yo, y durante el día haré las gestiones necesarias para que te traigan un coche –dijo Rafe cuando ya estaban camino de casa.

No quería aceptar nada de él, pero necesitaba de verdad un coche.

–Gracias.

–Le he sugerido a Ariane que entreviste a algunas personas para tener una sustituta disponible cuando tú no puedas trabajar –continuó él, y ella se volvió para mirarlo rápidamente.

–¿Qué quieres decir con eso de «no puedas trabajar»?

–Tendrás que acompañarme en mis viajes de negocios, y a veces también tendrás que salir antes para asistir a alguna obra de teatro, o a alguna comida de beneficencia –la informó Rafe, dándose cuenta de que su enfado iba en aumento.

–La Femme es una prioridad para mí.

–Cumplir con tus obligaciones hacia mí debe ser tu prioridad.

–Te pido disculpas –dijo Danielle en tono burlón–. Se me había olvidado que me habías comprado.

–No me gustan las impertinencias –su tono de voz era suave, pero peligroso, y se sintió inquieta.

Comieron una paella deliciosa y verduras, y eran casi las dos cuando Rafe aparcó en la parte delantera de una casa que Danielle le resultaba muy familiar.

Lillian e Ivan Stanich.

El corazón le dio un vuelco.

Llevarla a aquella reunión era como echarla a los tiburones. Se imaginaba quiénes estaban en la lista de invitados, y sus sospechas se vieron confirmadas cuando entraron en la casa.

–Rafe, querido –Lillian empezó con el ritual de los saludos y cuando se acercó a ella se quedó muy sorprendida–. ¿Danielle?

–Mi esposa.

Se recuperó rápidamente de la sorpresa.

–¡Qué estupendo! Enhorabuena.

¿Cuánto iba a tardar la noticia en llegar de un extremo a otro de la casa? Cinco minutos a lo sumo. ¿Y quién sería el primero en intentar adivinar lo que había detrás de la boda? ¿No habría empezado ya a circular el rumor con la reapertura de La Femme?

–Venid a la terraza a tomar algo con los demás. Ivan ya ha organizado la lista de turnos para los partidos.

Danielle consiguió sonreír y controlar el deseo de desaparecer, y siguió a Lillian.

Sin perder ni un segundo, la dama llamó la atención de sus invitados, les anunció el matrimonio de Rafe y añadió:

–Somos los primeros en saberlo –se volvió hacia él y le dijo con una sonrisa maliciosa:

–Te lo tenías muy callado, querido.

–Como casi todo lo que se refiere a mi vida personal.

–¿Así que no nos vas a explicar los detalles? –le preguntó Lillian cautelosamente.

Él tomó la mano de Danielle y la besó. Tenía los ojos muy oscuros y una expresión indescifrable, y tras unos segundos tensos, bajó la mano y miró a Lillian a los ojos.

–No.

Hubo un silencio sepulcral. Lillian hizo un gesto de resignación y dejó escapar una risita:

–Esto hay que celebrarlo. Ivan, tienes que abrir unas botellas de champán.

Danielle intentó librarse de la mano de Rafe con disimulo, pero no lo consiguió. Entonces se apoyó suavemente en su hombro y le susurró:

–¿A qué estás jugando?

–Solidaridad.

–¿A «la unión hace la fuerza?»

–Sí.

–Me sorprendes.

–¿Por qué?

–Creía que no tendrías ningún escrúpulo en arrojarme a las fieras.

–Yo cuido mis cosas –la miraba fijamente, y su voz era suave como la seda.

Pero ella no le pertenecía. Por lo menos, no por completo.

Todo el mundo los felicitó efusivamente, y Danielle mantuvo una sonrisa en los labios mientras saludaba a antiguos *amigos* cuyo entusiasmo no la engañó en absoluto. Había gente que le había vuelto la espalda, que había dejado de invitarla a sus fiestas y reuniones y que había dejado de saludarlas, tanto a Ariane como a ella.

Pero en su nuevo estatus de esposa de Rafe Valdez, todos estaban ansiosos por reanudar su amistad. Lo observó todo con cautela y con un atisbo de cinismo.

–Querido –susurró una voz femenina.

Danielle se dio la vuelta y se encontró a una mujer rubia, perfecta de pies a cabeza. Era muy atractiva y hacía gala de una gran seguridad en sí misma.

–Cristina –dijo Rafe a modo de saludo.

La rubia se dirigió a Danielle, y con una sonrisa fría y superficial, le dijo:

–¿Cómo te has atrevido a robármelo?

Parecía una broma, pero no había ni rastro de sentido del humor en sus ojos grises.

–Creo que deberías preguntarle a Rafe.

Aquella sugerencia no fue muy bien recibida, y a menos que Danielle estuviera equivocada, acababa de empezar la guerra.

–¿Una de tus múltiples conquistas? –le preguntó Danielle a Rafe cuando Cristina se hubo alejado.

–Nos veíamos de vez en cuando.

Lillian e Ivan empezaron a designar a la gente a cada uno de los dos campos de tenis que había al lado de su finca, y a Danielle le tocó formar pareja con Rafe contra Cristina y su acompañante. Lo que se suponía que era un partido amistoso se convirtió en una competición, pero ella era lo suficientemente buena como para devolverle casi todos los golpes a la rubia.

Como era de esperar, Rafe jugaba muy bien, y consiguió que llegaran a la final y ganaran. Después de todo el ejercicio que habían hecho, seguía tan fresco como si hubieran estado dando un paseo por el parque, mientras que Danielle casi no habría podido con otro set.

A las ocho se sirvieron gambas a la plancha, kebabs y ensaladas, y después café.

–Danielle, tienes que venir con nosotras a la comida de la semana que viene. Te mandaré la invitación.

Con nosotras. Si Lillian la aceptaba de nuevo, todas las demás también.

–¡Qué amable!

Cuando recibiera la invitación, no la aceptaría poniendo como excusa que tenía mucho trabajo en La Femme.

Prefería participar en obras de caridad a mostrarse públicamente con mujeres artificiales y frívolas.

Rafe se dio cuenta de que le estaba costando un verdadero esfuerzo fingir toda aquella amabilidad. Parecía muy frágil, y el brillo de sus ojos estaba un poco apagado. Cosa nada extraña si tenía en cuenta que casi no la había dejado dormir.

Se tomó el último sorbo de café y se acercó a ella.

–¿Nos vamos?

–Sí –respondió llanamente. Estaba muy cansada y tenía muchas ganas de irse a la cama.

Aunque irse a la cama significaba compartir su

intimidad con un hombre que estaba causando estragos en sus emociones. Tenía sentimientos ambivalentes hacia él. No había habido ni una sola vez durante el día en que él la hubiese mirado y no se hubiese estremecido al recordar la noche anterior. Su boca, sus manos... Algo se le removía por dentro.

Unos minutos después, les dieron las gracias a sus anfitriones y se despidieron de los demás.

Danielle se metió en el coche y descansó la cabeza en el respaldo.

–Lo has hecho muy bien.

–¿Te refieres al tenis o a mis habilidades sociales?

Arrancó el motor y salieron a la carretera.

–A las dos cosas.

–¡Oh, un cumplido! –dijo aquello en un tono burlón.

Llegaron a casa en pocos minutos. Estaba deseando darse una ducha y meterse a la cama... a dormir. Pero se dio cuenta de que tenía pocas posibilidades de conseguirlo cuando Rafe la siguió hasta la ducha.

–¿No te parece que estás llevando el asunto de la proximidad demasiado lejos?

Le acarició los hombros.

–Te has puesto morena.

Estaban tan cerca, que ella era consciente como nunca de su cuerpo poderoso. Era todo virilidad. Tenía una fuerza irresistible que inundaba sus sentidos.

«Mira al frente. Aléjate de él ahora mismo», le advirtió una voz interior. De lo contrario, se vería arrastrada a hacer algo que no sabía si tendría fuerzas para soportar.

Advirtió que tenía una pequeña cicatriz en la parte izquierda del pecho, que no parecía de una operación. ¿Sería la señal de una cuchillada? Levantó la cabeza y vio otra cicatriz cerca del cuello, que parecía causada por una herida de bala. Tenía un símbolo oriental tatuado en el brazo derecho, y se preguntó por qué no se lo habría borrado.

–¿Recuerdos de la batalla?

–De mi pasado inconfesable.

–¿Hasta qué punto inconfesable?

–¿De verdad quieres que te lo cuente?

Tenía recuerdos de su juventud que no quería compartir con nadie.

–Qué sensible eres –dijo con algo de sarcasmo.

Ella tomó el jabón e intentó no hacer caso de su presencia, pero era bastante difícil, teniendo en cuenta las dimensiones de la ducha.

Unos segundos después, le quitó el jabón y ella lo miró con enfado.

–Una escena de seducción no es precisamente lo que más me apetece ahora.

–¿Por qué no cierras los ojos y te relajas?

Aquello era el camino seguro hacia el desastre. Ya estaba empezando a sentir el calor que le recorría el cuerpo bajo sus caricias, y se le estaba acelerando el pulso.

–No quiero. Al menos, no esta noche.

Notó en su voz el cansancio y la fragilidad, y deslizó las manos hasta sus hombros.

–¿Duele, eh?

Sí, le dolía todo el cuerpo. Hacía mucho tiempo que no trabajaba y que no hacía deporte. Había sido socia de un gimnasio, pero fue una de las primeras cosas que tuvo que dejar cuando su situación económica empeoró.

Dios Santo. Los dedos de Rafe estaban deshaciendo las contracturas y relajando sus músculos. Cedió a la tentación de hacer lo que él le había dicho y cerró los ojos.

Habría sido delicioso volverse hacia él y descansar entre sus brazos, sentir sus manos borrando toda la tensión del día.

No sabía por qué estaba pensando todo aquello. Rafe Valdez solo tenía un objetivo, que era satisfacer su libido y tener un hijo.

Con un gruñido, se movió y se escapó de la ducha. Se tapó con una toalla y salió a la habitación. Rafe llegó justo cuando se estaba poniendo la camiseta de dormir, y vio las pequeñas marcas que tenía en la piel. Sus ojos se achicaron.

No le gustaba hacer daño a nadie, y se preguntó por qué le molestaba tanto que aquella mujer llevara las señales de sus caricias.

Observó su figura esbelta y grácil. Tenía las piernas delgadas y bien definidas, y se movía con gracia.

–¿Por qué te pones una camiseta de algodón para dormir si podrías llevar la mejor lencería de La Femme?

Danielle lo miró desafiante.

–A lo mejor me lo pongo como repelente.

–Bueno, como lo que llevas no te va a durar mucho tiempo puesto, no importa.

No respondió y se metió en la cama. Al rato notó que él se acostaba también y su cuerpo se puso tenso esperando que la acariciase, pero los minutos pasaron y el cansancio hizo que se quedara profundamente dormida.

Poco antes del amanecer, sintió que le acariciaba los muslos, y suavemente le quitaba la camiseta. Intentó protestar, pero Rafe la acercó a él y le acarició con la boca la parte más sensible del cuello.

Danielle lo empujó y emitió un sonido ronco cuando sus labios siguieron el camino hacia sus pechos y la cubrió de besos hasta llegar al vientre.

Sabía a mujer, cálida y sensual, y se recreó un rato saboreándola, acariciando sus caderas mientras ella perdía el control. Entonces le abrió los muslos y se hundió en ella profundamente, sintiendo cómo se adaptaba a él, y oyó su respiración entrecortada cuando empezó a moverse suavemente hasta que le clavó los dedos en la espalda y siguió su ritmo.

Después, se quedaron dormidos.

Capítulo 5

DESAYUNARON en la terraza, mientras Danielle miraba las páginas de moda del periódico y Rafe las de negocios.

Estaba relajado y cómodo. Se apoyaba en el respaldo de la silla con gracia felina. Llevaba el pelo perfectamente peinado, estaba recién afeitado y tenía dos botones de la camisa sin abotonar. La chaqueta y la corbata descansaban en la silla de al lado. El maletín y el ordenador portátil estaban en el suelo.

El importante ejecutivo, pensó ella distraídamente, poderoso y con una autoridad incontestable. Tenía una inflexibilidad y una dureza que sin duda provenían de haber sobrevivido, contra todo pronóstico, a la vida en la calle.

Él alzó la vista y la miró fijamente.

–Si has acabado ya, tenemos que irnos.

Eran casi las ocho y media cuando llegaron a la boutique.

–Tengo una cena de negocios hoy.

Danielle se quitó el cinturón de seguridad y abrió la puerta del coche.

–¿Así que no te espero despierta?

Él hizo caso omiso del deje de cinismo que había en sus palabras.

–Esta tarde te traerán el coche.

–Gracias.

Salió del coche y cerró la puerta, y vio cómo el Jaguar se perdía en la marea de tráfico.

Ariane ya estaba en la tienda. Entre las dos hicieron algunos cambios, comprobaron la lista del género y se pusieron a hablar sobre el diseño de su nuevo catálogo. Estuvieron ocupadas toda la mañana porque pasaron por allí muchas mujeres para conocer la tienda, curiosear y comprar.

Unas cuantas antiguas clientas entraron, hicieron sus compras e intentaron reanudar la amistad, pero Danielle pensó que todo aquello era superficial e interesado; querían estar en buenas relaciones con su poderoso marido. Aun así, se comportó amablemente. Los negocios eran los negocios, y era una cuestión de orgullo que la tienda tuviera éxito.

Comieron en quince minutos cada una, en diferentes turnos, y a media tarde recibieron el resto del género.

Un poco después, un vendedor se presentó con las llaves de un BMW que estaba aparcado fuera.

Más tarde, Danielle firmó un documento para un importante banco de la ciudad. Le entregaron una carpeta con una libreta de cheques y tarjetas de crédito a nombre de Danielle Valdez.

Rafe estaba cumpliendo a la perfección su parte del trato, pensó Danielle.

No sabía por qué la molestaba tanto. Intentó analizar el motivo, y lo atribuyó a la forma en que Rafe había empezado a controlar su vida. Sin embargo, si era sincera consigo misma, debía admitir que ella le había brindado esa oportunidad.

¡Cómo si hubiera tenido otra opción!

Nadie en su sano juicio habría elegido la ruina si se le hubiera ofrecido un trato tan beneficioso. Pero estaba teniendo que pagar un precio muy alto. No sabía si sería capaz de cumplir *su* parte del trato.

Reflexionar no la estaba ayudando mucho en aquel momento, así que decidió concentrarse en el trabajo y colocar las nuevas prendas que habían recibido.

A las cinco y media cerraron, hicieron caja y se quedaron muy satisfechas con el resultado.

Danielle llegó a casa algo más tarde de las seis.

En la parte de detrás de la casa se había nivelado el terreno para construir una piscina y un gimnasio enormes, así que se quitó el traje de chaqueta, se puso el bañador y se fue a nadar. Hizo varios largos y después tomó una ducha.

Cenó una ensalada de pollo que Elena había dejado en la nevera y se puso a ver la televisión durante un rato. A las diez y media se fue a dormir.

¿A qué hora volvería Rafe? Se abrazó a la almohada y se dijo que no le importaba en absoluto. Cuanto más tarde mejor, porque seguramente llegaría cansado y no la molestaría.

No había ninguna posibilidad de que eso ocurriera, protestó mentalmente mientras se despertaba con el roce de los labios de Rafe en el hombro. Consideró que su propia satisfacción no era más que un beneficio extra que podía obtener de aquel trato diabólico.

Al día siguiente, cuando estaban desayunando, Danielle se acordó del BMW.

–Muchas gracias por el coche y por gestionar todos los asuntos del banco.

Rafe se terminó el café y se sirvió otro.

–Siempre intento que tengas algo que agradecerme.

El doble sentido era evidente, y a Danielle le dio mucha rabia sentir aquel calor en sus mejillas.

–Delicioso –dijo él en un tono un poco burlón–. Una mujer de hoy en día que conserva la capacidad de ruborizarse.

–Hacer que me ruborice es una de tus cualidades.

–Uno de mis múltiples encantos –asintió con ironía.

Entonces ella se levantó de la silla.

–Le diré a Ariane que hoy voy a llegar temprano.

–Hasta luego.

La boutique estaba prosperando rápidamente, para alegría de Danielle y Ariane. Casi no tenían ni un momento de tranquilidad, así que entrevistaron a varias mujeres para trabajar media jornada o jornada completa cuando ellas no pudieran ir a la tienda.

Por las noches estaba con Rafe.

Durante la primera semana, se estableció la rutina. Cenaban y Rafe se encerraba en su despacho y normalmente no salía antes de las diez.

Danielle trabajaba en uno de los escritorios de la casa; hacía las cuentas, comprobaba el género y navegaba por diferentes páginas de Internet para conseguir ideas que hicieran de La Femme una tienda perfectamente administrada, y que siempre tuviera las últimas propuestas para sus clientes.

Rafe era uno de los pocos elegidos que podía soportar una jornada de trabajo agotadora y dormir solo unas cinco horas. Incluso menos, si se tenía en cuenta todas las veces que la despertaba por la noche. Cada vez le resultaba más difícil mantenerse emocionalmente alejada de él.

El sábado amaneció soleado y brillante. Era uno de los mejores días para el comercio, ya que la gente tenía parte del día libre para ir de compras.

Era el día perfecto para que Leanne, la nueva dependienta, empezase a trabajar. Danielle tenía que irse de la tienda una hora antes para asistir con Rafe a una cena.

Sin embargo, no pudo evitar llegar tarde. Se encontró un grave accidente de tráfico en la autopista y la policía tardó en llegar para organizar el tráfico.

Llegó a la entrada de la casa y dio un frenazo. Corrió escaleras arriba y paró en seco a la entrada de la habitación cuando vio a Rafe poniéndose el fajín del esmoquin sobre una camisa blanquísima.

La traspasó con la mirada y le dijo:

–Llegas tarde.

–¿Vas a matarme? –con aquella respuesta tan superficial trataba de esconder su nerviosismo. Las sirenas, la policía y la ambulancia le habían traído a la mente las vivas imágenes del accidente en el que su padre había muerto cuando era niña.

Estaba asustada y tenía los ojos muy brillantes, y él estaba seguro de que no era por haber subido corriendo las escaleras. Dejó la corbata sobre la cama y se acercó a ella.

–¿Qué te pasa?

¿Solo había pasado una semana, y él ya podía adivinarle el pensamiento?

–No tengo tiempo para explicaciones.

Rafe le tomó la barbilla y le giró la cabeza para que lo mirase.

–Podemos permitirnos el lujo de perder cinco minutos.

Aquello era privado y muy personal, y no quería hablar sobre ello.

–Por favor, tengo que ducharme y arreglarme en veinte minutos.

–En treinta.

No soltaba su barbilla, y ella le lanzó una mirada fulminante.

–¿Qué es esto? ¿Un interrogatorio?

–Puedo averiguarlo muy fácilmente, así que ¿por qué no me lo cuentas?

–Eres un miserable que no se rinde, ¿eh?

–Lo segundo es verdad, lo primero bastante inexacto.

–Me estás volviendo loca.

Él le acarició los labios con el pulgar y sintió cómo se estremecía.

–¿Vas a contármelo o no?

Después de unos segundos, decidió rendirse y le explicó el motivo de su retraso.

–Todo eso te ha hecho recordar la muerte de tu padre.

Aquello era una afirmación y no una pregunta, y Danielle no pudo evitar preguntarse hasta qué punto había seguido la pista de la familia de Alba.

–Ve a arreglarte.

Se escapó y apareció veinticinco minutos más

tarde, perfectamente maquillada y con el pelo recogido en un moño alto.

Llevaba un vestido negro de corte clásico y tirantes finos, que realzaba sus hombros bien formados, la elegante curva del cuello y la firmeza de su pecho.

Pasó el rápido examen de Rafe mientras se ponía los pendientes, tomó el bolso de noche y salió delante de él.

Era una fiesta estupenda, pensó Danielle una hora más tarde mientras tomaba un excelente champán al lado de Rafe.

Había casi cincuenta invitados en una terraza que daba a unos jardines iluminados con luces de colores, con preciosos macizos de flores, setos y asientos colocados estratégicamente en los caminillos.

Los camareros, perfectamente uniformados, pasaban bandejas de canapés y bebidas.

–Se me había olvidado preguntarte –dijo Danielle–. ¿Esto es un acto social o es una cena para recaudar fondos?

–Es para una obra de beneficencia.

–Para la cual tú vas a donar mucho dinero, ¿verdad?

Inclinó levemente la cabeza.

–Le presto apoyo a causas que merecen la pena.

Estaba impresionante con aquel esmoquin italiano que acentuaba la anchura de sus hombros y su magnífica figura.

Danielle recordó sin ningún esfuerzo su piel morena y su cuerpo. La imagen de su boca cuando la besaba, la sensación de sus manos acariciándole suavemente la piel, la sensualidad, el placer...

«Deja de pensar en eso». Solo estaba soportando hacer el amor con él porque era parte del trato. ¡Qué demonios, era la parte más importante, ya que el principal objetivo era concebir un hijo!

Un invitado se acercó a ellos, y después de saludar, empezó a conversar de negocios con Rafe. Danielle se sintió un poco aliviada, se excusó y se fue a buscar algo de beber, aunque esta vez sin alcohol.

Acababa de tomarse un vaso de agua mineral cuando oyó que alguien la llamaba.

Se volvió sonriendo. Era Cristina. Alta, elegante, con la clase que proporcionaba una inmensa fortuna y la educación en los mejores colegios privados.

–Debes de estar disfrutando mucho de tu vuelta a la sociedad después de... –hizo una pausa– tan desafortunada ausencia.

Danielle contestó con prudencia y sencillez.

–Sí.

–Es muy interesante cómo tu madre y tú habéis conseguido cambiar una situación tan desfavorable.

–Sí, ¿verdad?

–¿Qué has hecho, querida? ¿Venderte?

Aquello se estaba poniendo desagradable.

–Si eso fuera cierto –dijo Danielle sin alterarse lo más mínimo–, ¿por qué entraría el matrimonio en juego?

–Por algo que todo el mundo tiene en la punta de la lengua.

Danielle sonrió y se abstuvo de hacer ningún comentario.

–Así que cuéntame, ¿por qué has sido tú la elegida?

–A lo mejor deberías preguntárselo a Rafe.

–No puedes ser tan buena en la cama.

Ya había escuchado suficiente. Una cosa era mantener una conversación amable, pero los comentarios maliciosos eran otra muy distinta.

–¿No?

–Espero que puedas seguir su ritmo, querida. Tiene la lujuria en el cuerpo.

–Mmm... –esbozó una sonrisa seductora– Sí, ¿verdad?

Si Danielle tenía alguna duda de que se había ganado una enemiga, la furia contenida y los celos de Cristina se lo confirmaron.

–Que conste –dijo la rubia con calma– que una alianza no me resulta un impedimento en absoluto.

–¿Así que vas a estar esperando para cazarlo si caigo en desgracia?

–*Cuando* caigas en desgracia, cielo. Rafe no es hombre de una sola mujer.

–Quizás yo sea la excepción.

–Lo dudo mucho.

–¿Qué es lo que dudas, Cristina? –preguntó Rafe.

Tenía una cualidad felina, y se había acercado sin que se dieran cuenta.

La rubia reaccionó rápidamente.

–Estábamos hablando de La Femme, querido. La situación del nuevo local ha resultado todo un éxito.

Era muy hábil, reconoció Danielle, y se preguntó si Rafe se lo habría creído.

–¿Nos disculpas? –le tomó la mano a Danielle y le besó los nudillos mientras se alejaban.

–¿Controlando los posibles daños, Rafe? –intentó soltarse, pero sintió cómo sus dedos le apretaban la mano–. Sé cuidarme sola.

–Cristina es como una piraña.

–Creo que le interesas mucho.

–Le interesa mi cuenta corriente –la corrigió Rafe secamente.

Lo observó a media luz. Tenía los rasgos marcados, la frente ancha y despejada y una boca sensual y deliciosa.

–¡Qué agradable es saber que no te haces ilusiones con ella! –dijo dulcemente. Él sonrió, y Danielle se estremeció.

–Eres un poco descarada.

–Sí, es una de mis características.

–La anfitriona está a punto de anunciar la cena.

Sirvieron un buffet espléndido. Los invitados podían moverse y conversar con facilidad, y la atmósfera se hizo más relajada a medida que avanzaba la noche.

Danielle pensó que la gente que donaba dinero para obras de caridad era mucho más generosa cuanto mejor era la fiesta a la que estaban invitados, y aquella era perfecta. Primero se servían bebidas y comida constantemente y después se les dejaba tiempo para que se conocieran. Cuando estaban relajados y mucho más afables, se empezaba lo que estuviera programado para la recaudación.

En aquella ocasión era una subasta de joyas y antigüedades. A Danielle enseguida le llamó la atención un brazalete de diamantes espectacular, engarzado a mano y con un diseño único. Lo reconoció en cuanto lo vio. Había pertenecido a su familia y se lo habían regalado por su vigésimo cumpleaños. Lo había tenido que vender, como todo lo demás.

¿Por qué estaba allí entonces? ¿Quién...? Miró a Rafe intentando deducir algo de la expresión de su rostro, pero no pudo.

Entonces empezó la subasta, y el brazalete fue presentado como una pieza que había pertenecido a una familia de la aristocracia española.

Aquello se convirtió en una especie de pulso entre Rafe y Cristina. Cada vez que él hacía una puja, ella aumentaba la oferta. En poco tiempo la pulsera alcanzó un precio tan alto que los demás compradores se retiraron. Finalmente, la rubia rehusó mejorar la cifra de Rafe y se rindió.

¿Lo había hecho a propósito para que todo el mundo fuera testigo de la derrota de Cristina? Evidentemente, dado que la gente sabía quién era la propietaria original del brazalete.

Cuando terminó la subasta, los compradores pagaron y se llevaron sus adquisiciones.

Rafe sacó el brazalete de su estuche y se lo puso a Danielle en la muñeca.

–Es tuyo.

Lo acarició con la punta de los dedos.

–Gracias. Perteneció a mi abuela paterna.

–Sí. Era una de las joyas que compró mi agente.

–¿Has donado algo que ya era tuyo y después lo has comprado otra vez? ¿Por qué?

–¿Un capricho, quizás?

Danielle dudaba mucho que hiciera nada por capricho. Era un gran estratega que lo calculaba todo para ganar. Cuando la fiesta se terminó, se despidieron de sus anfitriones.

No tardaron mucho en llegar a casa, y Danielle subió rápidamente a la habitación. Gracias a Dios, al día siguiente era domingo y no tenía que preocuparse del despertador ni del tráfico. Le apetecía pasar un día tranquilo; pondría al día las cuentas de la tienda y se tomaría un café con su madre.

Empezó a bajarse la cremallera del vestido, y sintió cómo los dedos de Rafe terminaban la tarea.

Le deslizó los tirantes por los hombros y dejó que el vestido cayera en la alfombra. Se quedó solo con un precioso tanga negro. Después le quitó las horquillas y todo el pelo se le derramó por los hombros. Danielle lo observó con atención mientras él se desnudaba. La atrajo hacia sí y la besó con una voluptuosidad que la sedujo por completo. Con una mano le acarició el pelo y la otra la deslizó hasta las nalgas, apretándola contra él y haciendo el beso cada vez más intenso y profundo. La tomó en brazos y le separó los muslos para unir su parte más sensible a la dureza de su erección. El delicado movimiento de fricción la volvió loca de excitación y emitió un sonido de placer cuando él le arrancó las braguitas y se dejaron caer sobre la cama.

Entonces la penetró con un fuerte impulso, y se detuvo hasta que sintió cómo su cuerpo se adaptaba a él. Las contracciones de sus músculos casi le hicieron llegar al clímax, pero dominó sus impulsos y alcanzaron juntos la exquisita sensación del orgasmo.

Después de unos instantes, Rafe le acarició el cuello y la besó siguiendo el camino de su boca hasta el pecho, y jugueteó con el pezón hasta que sintió que su cuerpo se estremecía. La besó de nuevo, dulce y lentamente, y el beso se convirtió en algo tan erótico que ella sintió cómo el deseo recorría su cuerpo tembloroso otra vez.

Rafe se giró con facilidad y apoyó la espalda en la cama, y ella se arqueó disfrutando de la sensación de poder mientras marcaba el ritmo y ponía a prueba la capacidad de control de su amante.

–¿Has acabado?

–No, todavía no –rozó con el borde de los dientes un pezón masculino, lo mordisqueó y lo chupó, consciente de toda la excitación que le estaba causando.

–Cuando termines de jugar, querida...

¿De jugar? Entonces sí que lo mordió y lo hizo estremecerse, mientras se arqueaba y se movía felinamente para tenerlo aún más dentro, incrementando el ritmo hasta que los dos volvieron a encontrarse en lo más alto del placer con una intensidad que los dejó ardiendo de sensualidad.

Cuando dejó su cuerpo descansar sobre el de Rafe, el corazón todavía le latía con una fuerza increíble y tenía la respiración entrecortada. Sintió sus manos acariciándole la piel, calmándola hasta que se relajó por completo.

¿Siempre sería así?

Cualquier mujer se haría adicta a la pasión abrasadora que acababan de compartir. Si se le añadiera el amor, la mezcla sería explosiva.

Por mucho que se hubiera propuesto odiar a Rafe Valdez, no podía. La situación se le estaba escapando de las manos.

Al borde del sueño, sintió el suave roce de los labios de Rafe en la frente y suspiró, demasiado débil como para protestar o moverse.

Capítulo 6

DANIELLE se despertó sola en la cama, se estiró y sopesó la posibilidad de quedarse otra hora más durmiendo, pero hacía un sol espléndido y tenía un día libre por delante. Podría dedicarse a terminar algunas cuentas de La Femme y, después, irse de compras.

Necesitaba un vestido nuevo y unos zapatos de tacón, dada la apretada agenda social de su marido.

Saltó de la cama, se duchó, se puso unos vaqueros y una camiseta, ordenó la habitación y bajó a la cocina a desayunar.

No había ni rastro de Rafe. Quizás estuviera en el despacho, o en el gimnasio.

Se sirvió un café, hojeó los periódicos y después empezó a trabajar.

Al cabo de una hora, Rafe entró en la cocina. Venía del gimnasio.

–Buenos días.

Danielle levantó la cabeza y el corazón le dio un vuelco cuando lo vio.

Él se acercó al frigorífico, sacó una botella de agua helada y se bebió casi la mitad.

–He dispuesto que arreglen una de las habitaciones del piso de arriba para que sea tu despacho.

–No, no es necesario. Me gusta poder trabajar en cualquier parte. Normalmente, no me lleva más de unas horas a la semana hacer todas las cuentas.

–Es mejor que tengas tu propio despacho.

Caso cerrado. Sabía que tenía que estar agradecida, pero ¿por qué sentía aquel resentimiento tan molesto?

Él se terminó la botella de agua y salió de la cocina.

Un rato después, Danielle cerró el ordenador, metió todos los papeles en el maletín y fue a buscar a Rafe para decirle que se iba. Como no lo encontró por ninguna parte, le escribió una nota, la dejó bien visible en la mesa de la cocina y se marchó.

Primero se dirigió hacia Brighton, aparcó y paseó un rato mirando los escaparates. Luego, se tomó un café. Justo antes de entrar en la primera tienda, sonó su teléfono móvil y se quedó en la calle mientras contestaba la llamada.

–¿Dónde estás? –era la inconfundible voz de Rafe. Contó hasta tres antes de responder.

–Exactamente, en Brighton, a punto de entrar en una tienda.

–¿A qué te refieres con lo de «no sé a qué hora volveré» que has puesto en tu nota? ¿Vas a volver por la tarde o por la noche?

–¿Te importa?

–Contéstame.

–No sabía que necesitara pedirte permiso para salir de casa.

–No me hagas perder la paciencia –su voz se estaba convirtiendo en un susurro inquietante.

–¿Lo estoy haciendo? –preguntó ella dulcemente.

–¿Serías tan valiente si estuviéramos hablando cara a cara?

–Por supuesto.

Danielle oyó su risa suave por el teléfono y se estremeció.

–¿Vamos a empezar otra vez? –le preguntó él.

–Está bien. Volveré a casa por la noche, porque voy a ir a ver a mi madre.

–Vuelve a las seis. Llevaremos a Ariane a cenar a un restaurante–y colgó el teléfono.

Danielle la llamó y le comunicó la invitación.

–Tonterías, cariño. Estaremos mucho más a gusto aquí, en casa.

Danielle no sabía si aquello era una buena idea. Parecía que su madre se había hecho a la idea de que todo era muy romántico.

–Voy a preparar algo especial para cenar.

Hacía mucho tiempo que Ariane no ejercía de anfitriona, y parecía entusiasmarle la idea. Así que Danielle le preguntó resignada si llevaba algo.

–Mmm, sí, puedes traer una *baguette* y una lechuga, cariño.

Después de hablar con su madre, se dedicó a buscar un vestido y unos zapatos.

Llegó al ático a las cuatro, con un ramo de flores, una botella de vino, el pan y la lechuga. Saludó cariñosamente a su madre y notó el delicioso aroma que salía de la cocina. Ariane tenía los ojos brillantes y estaba muy contenta.

–Para ti, mamá –le dio el vino y las flores; después se puso un delantal y le preguntó–: bueno, ¿en qué puedo ayudarte?

Estuvieron trabajando en la cocina durante una hora. Cuando lo tuvieron todo listo, Ariane dijo:

–Ya es hora de arreglarse.

Al poco rato, llegó Rafe. Cuando entró, Danielle estaba terminando de poner la mesa.

Escuchó la voz grave de su marido y notó seguridad en el tono de voz de su madre cuando lo saludaba.

Salió al salón, sonrió y se mantuvo serena mientras él se acercaba, le tomaba la cara entre las manos y la besaba.

–¿Qué estás haciendo?

–Estoy besando a mi mujer.

Le entraron ganas de abofetearlo, y él lo sabía perfectamente.

Tenía una expresión irónica mientras atrapaba su boca lenta y dulcemente. Un beso que la hizo sentirse débil y ruborizarse.

Lo que él pretendía era demostrarle algo a su madre.

–Me pareció una buena idea cenar en casa. Eres uno de mis primeros invitados –dijo la dama, mirándolos encantada–. ¿Qué te apetece tomar? Tengo un chardonnay muy bueno.

Durante la agradable velada, Danielle observó con cautela la excelente comunicación que se estaba estableciendo entre Rafe y su madre, y quería advertirla de que todo el cariño que él demostraba no era más que teatro; era absurdo pensar lo contrario.

Rafe se mostró muy interesado por las fotografías familiares que había colocadas por los muebles, y Ariane sacó varios álbumes de los cajones. Danielle aprovechó la ocasión para escaparse a la cocina con el pretexto de hacer café. Tenía la esperanza de que la idea de las fotos no tuviera mucho éxito, pero se equivocó, y su madre le contó a Rafe muchas historias de la familia.

Que él supiera tantas cosas de su vida la hacía sentirse muy vulnerable.

–Tenemos que repetir esta cena –dijo Ariane entusiasmada cuando se marchaban.

–Claro que sí –asintió él–. Tienes que venir a nuestra casa. Danielle te llamará.

Llegaron a casa cada uno en su coche y subieron juntos las escaleras.

Él empezó a quitarse la corbata.

–Tu madre es encantadora.

–Sí.

–Me voy a ocupar de que venga con nosotros a las fiestas a las que nos inviten.

Danielle se descalzó.

–Le hará mucha ilusión.

Se quitó el reloj, la pulsera y la fina cadena de oro del cuello, y se dirigió al cuarto de baño. Se daría una ducha relajante y después a dormir. Mañana era día de trabajo, y tenían que recibir bastantes prendas en la tienda.

Danielle se metió en la ducha y empezó a enjabonarse. Pensó en el escaparate de la tienda. Le cambiaría la lencería al maniquí central... Quizás algo de encaje negro...

De repente se abrió la puerta de la ducha y entró Rafe. Había espacio suficiente para los dos, pero a ella le pareció una invasión de su espacio privado. Era algo ilógico, dada la intimidad que compartían a diario.

–¿Tienes que entrar siempre cuando estoy en la ducha?

–¿Te molesta?

–¡Sí!

Le quitó el jabón de la mano.

–Pues acostúmbrate.

–Mira...

–Estoy mirándote –la separó un poco de él–. En una foto de cuando eras pequeña he descubierto que tienes una marca de nacimiento preciosa.

Le recorrió la espalda con la punta de los dedos hasta llegar a la curva de la nalga.

–Justo aquí... Sí, aquí está. ¿Cómo no la había visto antes?

Danielle intentó zafarse, pero la abrazó y la hizo volverse hacia él. Sin pensárselo dos veces, ella empezó a pegarle en el hombro y en el pecho.

–Estate quieta –ya no había ni rastro de buen humor en su voz–. Te estás metiendo en terreno peligroso.

–¿Cómo te sentirías tú si yo buscase imperfecciones en tu cuerpo?

–Me excitaría.

–Por descontado –dijo sarcásticamente–. ¿Nada más?

–¿Tienes ganas de discutir?

–Sí, maldita sea.

–¿Por qué, si sabes que no tienes ninguna posibilidad de ganar?

–Eso no me quita las ganas de intentarlo.

–¿Qué es lo que quieres?

–Si no te importa, preferiría que no me usaras esta noche.

Rafe le sujetó la cabeza de modo que no tuvo otro remedio que mirarlo a los ojos.

–¿Y qué pasa si me importa?

–Vete al infierno.

Tuvo la tentación de poseerla allí mismo. Quería enseñarle la diferencia entre tomar a alguien y hacerle el amor, pero sin embargo bajó la cabeza y la besó.

Utilizó toda su habilidad erótica para vencer la resistencia que había en ella. Le mordisqueó el labio con el borde de los dientes, provocándola hasta que empezó a responder y le puso las manos en la nuca.

Entonces la alzó hasta su cintura y le abrió los muslos. Danielle sintió cómo entraba en ella con un fuerte movimiento.

Mientras sus cuerpos se fundían, él oyó un gemido suave y notó que estaba tensa, hasta que al besarla con delicadeza se relajó por completo. Su rechazo inicial se había transformado en un deseo irreprimible.

Ella perdió la noción del tiempo. Le pareció que había transcurrido una eternidad cuando por fin apoyó la cabeza en su hombro, totalmente colmada.

Después la lavó con una ternura que casi la hizo llorar, y se quedó inmóvil mientras la secaba con una toalla.

Cuando estaba a punto de dormirse, creyó sentir que él le rozaba el dorso de la mano con los labios.

Durante los días siguientes, estuvo muy ocupada, porque La Femme marchaba cada vez mejor.

Sin embargo, el miércoles fue un mal día. Por la mañana, una clienta llegó ansiosa por recoger un encargo especial que había hecho días antes, pero el proveedor no lo había enviado a la tienda y ni siquiera las sinceras disculpas de Danielle suavizaron su enfado, aunque le aseguró que su encargo estaría allí esa misma tarde.

Pero por la tarde tampoco lo recibieron y la clienta se enfureció aún más. Las tachó de ineptas y de descuidadas, dijo que se lo contaría a todo el mundo y que no volvería a comprar nunca más allí.

Danielle llamó al proveedor, y él le explicó que no había enviado aquella prenda porque el pedido había sido anulado por fax. Ni ella ni Ariane habían hecho la anulación, y Leanne estaba fuera de toda sospecha puesto que solo trabajaba los jueves, viernes y sábados. El fax había sido enviado el lunes.

–¿Tienes idea de qué puede haber pasado?

–Sí, pero podría estar equivocada.

–¿Sabotaje?

–No me gusta, pero tenemos que contemplar esa posibilidad. A partir de ahora, vamos a confirmar todos los pedidos por e-mail con un código que solo conoceremos el proveedor, tú y yo.

Llamó por teléfono al mayorista y le explicó el procedimiento.

De todas formas se sentía inquieta. La nueva situación de La Femme era perfecta, tenían muchas prendas de importación y la clientela iba aumentando rápidamente. Si alguien las estaba saboteando, ¿quién podría ser?

¿Cristina? ¿Podía llegar tan lejos en su afán de venganza?

Se quedó preocupada y nerviosa durante el resto del día. Necesitaba una buena sesión de ejercicio físico para relajarse, así que en cuanto llegó a casa se cambió de ropa y bajó las escaleras ágilmente.

El gimnasio era muy grande y había varias máquinas de musculación, una bicicleta estática, un saco de boxeo y pesas. También había armas para practicar artes marciales en un armario cerrado con llave. Muchas de ellas eran ilegales sin una licencia especial.

–¿Estás admirando mi colección?

Se había acercado como un gato, y ella se volvió lentamente.

–¿Eres experto en artes marciales?

–¿Sorprendida?

A Danielle le sorprendían muy pocas cosas de él a aquellas alturas.

–No.

Tenía una cualidad que ella no acertaba a definir. Su cuerpo y su mente estaban en total sintonía y ambas sometidos a una disciplina total.

–¿Has venido a hacer ejercicio?

–A dar puñetazos –puntualizó.

Rafe notó algo de ira en su voz.

–¿Vas a explicarme por qué?

–No.

–¿Quieres unos guantes de boxeo? –le ofreció, controlando las ganas de reír.

–Te lo estoy diciendo en serio –lo miró de mal humor.

–Estás enfadada, ¿eh?

Estuvo tentado de transformar su furia en pasión y disfrutar durante el proceso, pero en vez de eso fue hasta un armario y sacó un par de guantes.

–Dame las manos.

Le ató bien los guantes y le preguntó:

–¿Lo has hecho antes alguna vez?

–No.

–¿A quién te gustaría tener enfrente?

–Todavía no lo sé.

Le dio unas cuantas instrucciones y sujetó el saco. Después de bastantes golpes, Danielle se acercó a la cinta, ajustó la velocidad y empezó a correr. Al mismo tiempo observaba los movimientos letales de Rafe mientras practicaba artes marciales. Cuando no podía más, se fue a la piscina y perdió la cuenta de los largos que hizo. Al rato, Rafe se unió a ella.

–¿Ya has tenido bastante? –le preguntó él cuando por fin se detuvo.

–Sí.

–¿Te sientes mejor?

–Un poco.

–Pues vamos a ducharnos y a cenar.

–Yo cocino.

–Podríamos cenar fuera.

–Hago una ensalada y una carne muy buenas. Podemos tomarlas con pan de pita y *hummus*. Confía en mis dotes culinarias.

Cenaron en la terraza. Danielle observó el precioso césped y las flores del jardín y le vino a la cabeza una imagen repentina de cómo sería todo aquello con un niño. Habría un tobogán, un columpio y muchos juguetes, y tendrían un perro y un gato. Y una mecedora donde podría sentarse para acunar a su hijo en brazos.

Un hijo. La verdadera razón de su matrimonio.

Según sus cálculos, no era probable que estuviera embarazada todavía.

¿Cuánto tardaría? Casi se le escapó la risa cuando pensó que, dada la dedicación de Rafe para conseguir descendencia, no les llevaría mucho tiempo.

–Ariane me ha dicho que las ventas de la tienda continúan aumentando.

Danielle tomó un poco de vino y miró la copa.

–Sí.

–¿Estás preocupada por algo?

«Es muy rápido» pensó Danielle mientras notaba su mirada interrogante. ¿Le habría contado Ariane el misterio de la cancelación del pedido y el enfado de la clienta? ¿Debería contárselo *ella*?

Por una parte, quería enfrentarse a la situación por sí misma. No le resultaría muy difícil resolver el problema, incluso si Cristina no había dejado ninguna pista.

–No –le respondió finalmente.

–¿Pero?

–¿Por qué crees que hay algún problema?

Él se apoyó en el respaldo de la silla. Sabía que tenía alguna preocupación, y quería averiguar qué era.

–El viernes por la noche vamos a una exposición de fotografía en la Gallería Simpson.

–¿Qué, poniendo al día el calendario de eventos sociales?

–Sí.

–¡Qué maravilla!

–No seas tan irónica.

–A lo mejor es que odio estar expuesta a las miradas de la gente.

–Dale tiempo. Nuestro matrimonio dejará de ser una novedad y perderá todo el interés.

No era ningún consuelo, especialmente con la sombra de Cristina sobre su cabeza.

–Y el domingo estamos invitados a jugar un partido de voleibol en la playa y después a una barbacoa.

–¿Y qué pasa si tengo mis planes?

–Tienes que cumplir el trato. Además, la semana que viene nos vamos a la costa.

–Perdona... ¿*Nos* vamos?

–Tengo que asuntos que resolver allí –le dijo Rafe con infinita paciencia.

–No puedo dejar la tienda sola.

–Sí puedes. Leanne va a trabajar el jueves y el viernes.

Tenía ganas de golpearlo.

–Me habría gustado que me lo consultaras primero.

El sol se estaba poniendo y el paisaje se difuminaba cada vez más. Pronto se haría de noche. Sin decir una palabra, Danielle se levantó de la silla y llevó a la cocina los platos y los cubiertos. Lo recogió todo y subió a la habitación a tomar las llaves y el monedero.

–¿Vas a salir?

Se dio la vuelta y vio a Rafe en la puerta.

–Sí.

–Voy a ponerme una chaqueta.

De repente, sus ojos dejaron traslucir todo el resentimiento que sentía.

–Me voy sola.

Él no se alteró en absoluto.

–O voy contigo, o no sales.

Se enfureció aún más y lo miró fijamente.

–No quiero tenerte cerca en este momento.

–No me importa.

–¡Maldita sea! No puedes...

–Sí puedo.

–¿Por qué estás haciendo una montaña de un grano de arena?

–Porque mi mujer no va a salir sola por la noche.

–Yo no soy tu mujer.

En sus labios se dibujó una sonrisa fría.

–Sí lo eres.

–No lo soy en ningún sentido de la palabra –le respondió. Estaba furiosa.

Él tomó una chaqueta, se la puso en el hombro y le dijo:

–¿Nos vamos?

–He cambiado de opinión.

–Mejor, así nos acostamos pronto.

Estaba bastante claro lo que quería decir, y Danielle apretó los puños con rabia.

–¿Es que solo puedes pensar en una cosa?

–Contigo, no es nada difícil.

Quiso abofetearlo, pero Rafe interceptó la mano en pleno vuelo antes de que se estampara contra su mejilla.

Tiró la chaqueta en la cama y besó a Danielle con una fuerza que traspasó todas las barreras de su alma. La apretó fuertemente contra él para que notara toda su excitación, y ella acabó por rendirse ante lo que su cuerpo ya había aceptado. Pero consiguió imponer el sentido común e intentó por todos los medios escaparse. Cuando por fin la soltó, retrocedió dos pasos intentando controlar la respiración.

–¿Nos vamos o nos quedamos?

Lo preguntó de una manera tan fría, que Danielle se enfureció más.

–*Yo* me voy sola.

–Ya hemos hablado de esto. ¿Quieres volver a empezar?

–¡No eres mi dueño! –salió de la habitación y bajó rápidamente las escaleras. Entró en el garaje, abrió el coche y lo arrancó.

Justo en aquel momento se abrió la puerta del copiloto y Rafe se sentó a su lado.

Él no creía que ella tuviera en mente ningún destino en concreto, pero no dijo ni una palabra mientras salían del garaje.

Danielle se dirigió a la parte sur de la ciudad. Había muchos cafés y podía sentarse en una terraza, y pensó que a lo mejor si no le prestaba atención conseguiría deshacerse de él. Pero estaba equivocada, porque se sentó en su mesa y llamó al camarero.

–Un café solo, por favor –le pidió–. ¿Vamos a estar en silencio todo el rato, o vamos a intentar mantener una conversación?

–Elige cualquier tema.

–Lo que te esté molestando.

–Tú me molestas –dijo vengativamente–. Planeas las cosas sin contar conmigo y te crees que voy a conformarme con todo.

–Tu parte del trato incluye ciertas obligaciones.

–Por supuesto, no nos olvidemos del trato.

La expresión de Rafe no se alteró, pero su voz se volvió suave como la seda.

–Ten cuidado.

El camarero llevó los cafés, y Danielle le puso azúcar y lo probó.

–No quiero irme y dejar a Ariane con toda la responsabilidad.

Su madre era perfectamente capaz de manejarlo todo, y en circunstancias normales no le habría importado ausentarse algunos días. Pero no podía evitar pensar que Cristina estaba detrás de todos los contratiempos que habían tenido.

–Dos días no es una eternidad.

–No te rindes, ¿eh?

–No.

Lo miró y se dio cuenta de que era implacable, un hombre al que nadie elegiría como enemigo. Se terminó el café sin decir una palabra más y sacó un billete para pagar.

Rafe le tomó la mano.

–Le das demasiada importancia al asunto de la independencia –él sacó otro billete y pagó. Después la siguió hacia el coche.

La brisa le revolvió el pelo a Danielle. Se apartó un mechón de pelo de la cara y se lo puso detrás de la oreja.

Oyó un silbido de admiración pero no se dio cuenta de que la estaban piropeando. Tampoco vio la mirada glacial que Rafe le dirigió al admirador.

Cuando llegaron a casa, se quitó la ropa, se metió en la cama y se quedó quieta en la oscuridad hasta que Rafe entró silenciosamente en la habitación.

Oyó cómo se desvestía, y al recordar su piel morena y sus hombros sintió de nuevo la excitación y deseó con todas sus fuerzas que la acariciase. Dios Santo, ¿por qué su cuerpo actuaba independientemente de lo que dictaba su voluntad?

No lo deseaba. *Mentirosa.* Necesitaba sentirse transportada por la magia primitiva que él sabía crear. Quería llegar otra vez a aquel lugar especial donde era posible pensar que compartían algo más que sexo...

En aquel momento se asombró de lo que estaba pensando. ¿Cómo era posible que creyera que había sentimientos por medio? ¿Se estaba volviendo loca?

Quería odiar a Rafe Valdez.

Sin embargo, no era odio lo que sintió cuando la atrajo hacia él. Sabía cómo hacerla enloquecer, y mientras la invadía la pasión no pensó en nada más que en aquel glorioso momento.

Capítulo 7

DANIELLE no podía evitar preguntarse si Cristina estaba invitada a todos y cada uno de los actos sociales de la ciudad.

¿Sería casualidad o premeditación? Teniendo en cuenta que lo que quería la rubia era molestar, tenía que ser premeditación.

–¿Estás pensativa?

Se volvió hacia Rafe y le dedicó una sonrisa deliciosa.

–No, solo estaba observando.

–¿Cristina?

–¿Cómo lo has sabido?

–¿Por qué estás pensando en ella?

Le acarició la solapa distraídamente.

–Te desea. ¿No te has dado cuenta?

–¿Y eso te preocupa?

–¿Por qué me iba a preocupar?

Aquella respuesta le hizo gracia, y esbozó una sonrisa.

–Vamos a ver la exposición –dijo, poniéndole una mano en la cintura.

Danielle se quedó impresionada con la fotografía de un niño. Leyó la explicación y supo que era un niño bosnio que acababa de perder a su familia en la guerra. Había tanta tristeza en sus ojos que Danielle sintió ganas de llorar. El pensamiento de que un hijo suyo pudiera experimentar tal dolor era insoportable. Aquel profundo instinto maternal le recordó la verdadera razón de su matrimonio con Rafe Valdez.

No estaba resultando como había previsto, porque por mucho que se lo propusiera, no podía odiarlo. Solo tenía que acariciarla y se le aceleraba el pulso. Los días transcurrían felizmente, y las noches...

–Rafe, cariño.

Oyó una voz femenina ligeramente ronca y se volvió.

Cristina. ¿Quién podía ser si no?

–Me gustaría que me aconsejaras sobre un negocio que me han propuesto –la rubia sonrió a Danielle–. No te importa que te lo robe unos minutos, ¿verdad?

–Por supuesto que no.

La excusa era una mentira evidente, pero ¿por qué tendría que importarle a ella?

«Tonta», pensó. «¿Por qué has creído que conseguirías mantener tus sentimientos intactos si te relacionabas con un hombre como Rafe Valdez?»

¿Era él capaz de mantener *sus* sentimientos intactos?

Sin duda. Los débiles no sobrevivían a la ley de la calle. Se había convertido en un hombre sofisticado mientras ascendía en la escala social, pero todavía conservaba un lado implacable que no permitiría la victoria de ningún adversario.

Para Rafe, ella no era nada más que la mujer que

llevaría a su hijo y que le daría la protección materna necesaria durante los años más vulnerables de su vida. Después se vería libre de toda obligación y tendría ayuda económica para que a él no le remordiera la conciencia. Salvo que los hombres como Rafe Valdez no tenían conciencia.

«De manera que olvídalo», pensó. «Cumple tu parte del trato y después vete».

–Danielle. ¡Qué estupendo verte de nuevo!

Oyó aquella voz familiar y se volvió con una sonrisa en los labios.

–Lillian.

–Quería comentarte que estoy organizando un desfile para recaudar fondos. He pensado que probablemente tu madre y tú estaríais interesadas en que se organizara un pase de lencería en La Femme. Solo con invitación, por supuesto. Nosotras nos ocuparíamos de todo. Alquilaríamos las sillas, contrataríamos a las modelos y se serviría champán, zumo de naranja y canapés. En la entrada estaría incluido un vale de descuento del diez por ciento en la tienda. ¿Qué te parece la idea?

–Bueno, necesito hablar primero con Ariane –dijo Danielle con calma–. Y quisiera saber los costes.

–Querida, los costes no son ningún problema. Todo lo que necesito es que me dejes La Femme para organizar el desfile. Vuestra contribución sería el diez por ciento de descuento.

Era una buena propuesta

–¿A cuántas personas invitaríais?

Lillian sonrió encantada.

–A unas cincuenta, sentadas en dos filas a cada lado de la pasarela.

Habría que cerrar la tienda durante el tiempo que durase el desfile.

–¿Cuánto tiempo duraría?

–Dos horas. ¿Qué te parece de dos a cuatro, el miércoles, dentro de dos semanas?

–Muy bien. Ponlo todo por escrito y ya te daré mi respuesta.

–Ya está todo por escrito, querida –sacó un sobre del bolso y se lo entregó–. Llámame mañana para decirme lo que has decidido.

Estaba segura de que a Ariane le parecería un buen negocio.

Danielle continuó paseando por la exposición y se detuvo ante una gran fotografía de una Harley Davidson. No podía decidirse sobre qué llamaba más la atención, si la moto o el motorista, un hombre con el pelo largo y muchos tatuajes.

–Esa es la fantasía de muchas mujeres –dijo Rafe mientras la tomaba por la cintura.

–Sí –asintió ella–, es la imagen del poder.

–¿Te refieres a la moto o al hombre?

–Al hombre. Las motos no me interesan.

–¿La imagen lo es todo para ti?

–Tú cambiaste la tuya.

–¿Para adaptarla a mi nueva forma de ser?

–Bajo los trajes impecables y toda la sofisticación está lo que eres. Eso no cambia.

–Así que, en tu opinión, sigo siendo el mismo que vivía en las calles de Chicago.

–Eres Rafael Valdez. Un hombre que se adapta fácilmente a cualquier situación. Alguien a quien solo un tonto desafiaría.

–¿Es un cumplido?

–Una afirmación.

Estaba segura de que podía convertirse otra vez en lo que había sido. Era una cualidad muy útil para sobrevivir.

–¿Has hablado con Lillian?

–Sí. Me ha hecho una propuesta muy interesante –se lo explicó y le preguntó–: ¿Qué te parece?

«Esto es un gran progreso», pensó Rafe, consciente de que una semana antes no se lo habría mencionado, y mucho menos le hubiera pedido su opinión.

–Lillian tiene muchos contactos, y será una buena publicidad para la tienda.

Era exactamente lo que ella pensaba, y estaba a punto de decírselo cuando sintió que alguien la vigilaba. Se dio la vuelta y vio a Cristina.

La estaba fulminando con la mirada, y Danielle se estremeció.

–¿Nos vamos ya? –quería irse de allí, sentir la brisa de la noche en la cara y alejarse todo lo posible de la rubia.

Rafe no hizo ningún comentario, y cinco minutos después, se dirigían hacia Toorak.

Había muchos cafés abiertos y la gente charlaba en las terrazas. Aparcaron, se sentaron a una mesa y pidieron un café.

Rafe tuvo una llamada en su móvil.

–¿Asuntos de trabajo?

–Sí, tengo que consultar unos datos en el ordenador.

–¿Quieres que nos marchemos?

–Puede esperar.

Trabajaba muchas horas y no se tomaba apenas

días libres. Podría permitirse el lujo de delegar en alguien, pero sabía por experiencia que no era aconsejable descuidar los negocios. Además, le gustaba planear un trato y cerrarlo satisfactoriamente.

Le había costado mucho esfuerzo, pero en los últimos diez años se había labrado una reputación y se había hecho rico. Tenía una esposa y muy pronto tendría un hijo que heredaría todo por lo que él había luchado.

Danielle de Alba Valdez. Una mujer que no disimulaba su rechazo hacia él, pero lo suficientemente honesta como para disfrutar de las cosas que le ofrecía sin artificios. Era una bocanada de aire fresco en su vida.

¿Cómo reaccionaría si supiera que había seguido desde muy cerca la ruina económica y social de Ariane con la intención de casarse con su hija? ¿Que aquello no había sido un simple trato, sino algo cuidadosamente planeado? ¿Que había estado un año madurando la idea?

Tenía razón cuando lo había acusado de utilizarla. Pero no era por su origen aristocrático, sino por su orgullo, su valentía y su honradez. Quería que su hijo tuviera precisamente aquellas cualidades.

Rafe tomó un sorbo de café y la miró de un modo que sabía que la inquietaba.

Tenía una boca deliciosa y rasgos angelicales. Se sintió excitado solo con pensar en cómo respondía a sus caricias y perdía el control.

Hacía mucho tiempo que no necesitaba tanto a una mujer.

Cuando volvieron a casa, tuvo que reprimir el deseo de subir a la habitación. El trabajo lo esperaba en el despacho. En una hora o dos a lo sumo podría estar con ella.

Eran cerca de las tres cuando se deslizó entre las sábanas. Estaba muy excitado y la deseaba, pero hizo las cosas despacio hasta que ella le respondió con la misma pasión.

La condujo al borde del éxtasis, y la mantuvo allí hasta que ambos lo alcanzaron juntos.

Capítulo 8

AQUEL día iban a jugar al voleibol, a nadar y a hacer una barbacoa, así que puso en la bolsa un bikini, una falda y una camiseta a juego, unos pantalones cortos, una toalla, ropa interior, algunos cosméticos y crema protectora.

–¿Estás preparada?

–Perfectamente preparada para pasar toda la tarde al sol –si Cristina estaba entre los invitados, gritaría.

Rafe tomó su bolsa y se dirigió al garaje. La ropa deportiva que llevaba remarcaba su estupenda figura. Tenía una energía y una sensualidad que volvía locas a las mujeres y hacía a algunos hombres darse cuenta de sus defectos.

Era dinamita dentro y fuera del dormitorio, iba pensando Danielle mientras Rafe aparcaba a la entrada de la casa de sus anfitriones.

La mayoría de los invitados ya habían llegado y Danielle fue saludando a todo el mundo con una sonrisa, incluso a algunas mujeres que antes le habían vuelto la espalda y ahora parecían sus mejores amigas.

–Estás muy callada –dijo Rafe.

Se volvió hacia él y le sonrió.

–Perdón, no sabía que entre mis cometidos estuviera tener que mantener siempre una conversación inteligente.

A Rafe le brillaron los ojos con ironía.

–Dentro de muy poco van a empezar los partidos de voleibol.

–Y así las mujeres tendrán la oportunidad de coquetear con los hombres, todo en nombre del deporte.

–¿De coquetear? Se me ocurre otra cosa mucho más gratificante para quemar energía en nombre del deporte.

–Me parece recordar que tú te dedicaste a ello anoche.

–Evidentemente, no te dejé muy impresionada.

Ambos sabían que no había ni un ápice de verdad en aquella afirmación. Danielle había reaccionado a sus caricias como un instrumento bien afinado en las manos de un maestro, y no se había contenido a la hora de pedir más.

–Ahora no me apetece halagarte –le contestó. En ese momento, el sonido de una risa atrajo su mirada hacia la puerta de la terraza–. Dejaré que la encantadora Cristina te compense.

–¿Dónde te crees que vas?

–A relacionarme con el resto de la gente. No me apetece quedarme a ver sus técnicas de seducción.

–¿Me vas a abandonar? ¿Voy a tener que vérmelas con ella yo solo?

Danielle sonrió irónicamente.

–Eso es algo que puedes hacer con las manos atadas a la espalda –le respondió mientras se daba la vuelta para saludar a la rubia.

–Cristina –dijo con falsa amabilidad–, ¿me perdonas?

–Por supuesto, querida.

Danielle fue hacia la barra y pidió agua con gas. Miró hacia la bahía. El cielo estaba muy azul y había algunos barcos de colores navegando por el océano. Sin poder evitarlo, su mirada volvió a Rafe. Examinó su perfil y su pelo perfectamente peinado.

Cristina estaba intentando por todos los medios llamar su atención con una preciosa y estudiada sonrisa, la leve inclinación de la cabeza, el suave roce de las uñas en su brazo.

Era el encanto personificado, pensó Danielle intentando evitar los celos. Para ponerse celosa tenía que importarle, y él no significaba nada para ella. Así que ¿por qué la irritaba tanto ver la mano de Cristina en el brazo del hombre que le había pagado por tener un hijo y darle varios años de su vida?

Rafe notó que los miraba y se volvió hacia ella.

En ese preciso momento el anfitrión anunció el comienzo de los partidos.

¿A quién se le había ocurrido poner a Danielle en el equipo contrario al de Rafe y Cristina? ¡Y lo que era aún peor, la rubia se había quedado en bikini!

«Esto es la playa» se dijo un poco enfadada consigo misma. Aunque divertirse era una cosa, y pavonearse otra muy diferente.

Un rato más tarde, los jugadores cambiaron de lugar y Danielle se encontró situada al lado de Cristina. Aquello no fue un buen cambio para ella, sobre todo cuando una zancadilla deliberada la hizo volar y aterrizar en la arena.

«Muy bien, yo también voy a jugar al mismo juego». Pero durante los siguientes diez minutos no tuvo ocasión de devolver ningún codazo ni ninguna patada en la pantorrilla.

Se sintió verdaderamente aliviada cuando terminó el partido y pudo irse a la piscina.

Cristina se tiró de cabeza y aquel movimiento puso de relieve la perfección de sus formas. Danielle simplemente se deslizó dentro del agua desde el borde.

Rafe se acercó a ella por el agua, mirándola con ojos de deseo, y le dio un beso que la dejó sin aliento.

–¿Qué haces? –le preguntó.

–¿Es que necesito tener un motivo para besarte?

–Sí.

Danielle salió de la piscina, recogió la toalla y la bolsa y se fue hacia el vestuario de invitados. Se duchó y se puso la ropa, y cuando salió de la cabina, se encontró a Cristina esperando su turno.

–Vaya escenita has montado en la piscina.

Aquello se estaba convirtiendo en algo tedioso.

–No creo que tenga que darte ninguna explicación –le respondió Danielle mientras se recogía el pelo.

–Ten cuidado con lo que haces –le dijo Cristina, y Danielle encontró su mirada en la imagen del espejo.

–Siempre tengo cuidado.

–No tienes nada que hacer contra mí.

Danielle se volvió para mirar directamente a su enemiga.

–Explícate.

–Adivina tú misma a lo que me refiero, querida.

–¿Me estás amenazando?

–¿Es que necesitas que te lo confirme?

–Buena suerte, Cristina –le respondió en un tono suave, y vio cómo reprimía la ira que se le reflejaba en los ojos.

–Yo nunca dejo nada a merced de la suerte.

Danielle ya había tenido bastante y salió sin decir ni una palabra más.

Cerca de las siete empezó la barbacoa. Había marisco, pescado y ensaladas, todo ello acompañado de un champán excelente.

Más tarde, se sirvió café. Danielle fue durante todo el rato muy consciente de la presencia de Rafe.

Después de las diez salieron para casa. Estuvo callada durante todo el trayecto, y una vez que estaban en la habitación, Rafe le preguntó:

–¿No tienes nada que contarme?

–Ha sido una tarde muy agradable y la cena estaba deliciosa. Ahora estoy cansada y mañana será otro día –le lanzó una mirada penetrante– ¿Es suficiente con eso?

Él se acercó a ella, se agachó y le examinó la pantorrilla.

–¿Es estrictamente necesario que hagas eso? –de repente se encogió–. Me duele.

Rafe le dio un suave masaje y se incorporó.

–Te va a salir un moretón –después le palpó las costillas, y ella le dio una palmada en el brazo.

–No me toques.

Una orden que no fue respetada en absoluto.

–¡Ay!

–Voy a darte una pomada para reducir el hematoma.

–No es necesario –se escapó y entró en el cuarto de baño. En un momento, se quitó la ropa y el maquillaje, se lavó los dientes y se puso la camiseta de dormir.

Cuando salió a la habitación, Rafe todavía estaba junto a la cama, con el tubo de pomada en la mano.

–¡Oh, por el Amor de Dios! Dámelo –quiso quitárselo, pero él no se lo permitió y le aplicó la pomada–. ¿Es que también tienes que hacer de enfermera? –y explotó–: Tu antigua amante es una miserable.

Él terminó con la pomada, lanzó el tubo en una mesa que había al lado y tomó su cara para acercarla a la suya.

–Esto no va a salir bien –dijo Danielle en el momento en que pudo abrir la boca.

–No sé por qué no va a salir bien –volvió a besarla profundamente.

Cuando la miró a la cara, vio que sus ojos ardían de pasión y que tenía los labios muy rojos. Aquello lo excitó aún más y dibujó la curva de su boca con los dientes.

Notó aquel gemido que le nacía en la garganta, le besó la parte más vulnerable del cuello, donde el pulso se le aceleraba, y la empujó suavemente sobre la cama.

El jueves por la mañana volaron hacia Coolangatta. Una vez allí, tomaron un taxi que los condujo a Palazzo Versace en Main Beach, con vistas al océano.

El hotel en sí era un gran atractivo para los turistas, y solo los más ricos podían permitirse poseer uno de los lujosos apartamentos privados.

Danielle observó todos los detalles encantada mientras entraban en la casa. Estaba completamente decorada con muebles y accesorios de Versace. Era preciosa, y se lo dijo.

–Disfruta. Si necesitas ponerte en contacto conmigo, llámame al móvil. Yo me encargo de reservar una mesa para la cena.

Hacía unos cuantos años que no iba a la costa, y se propuso explorarlo todo. Recorrió el centro comercial Marina Mirage, disfrutó sin prisas de un buen café y paseó por Tedder Avenue en Main Beach, que seguía tan a la moda como recordaba.

Acababa de saber que no estaba embarazada, y no estaba segura de si la noticia la alegraba o no.

Volvió al apartamento casi a las cinco y se metió en la ducha. Al poco rato, Rafe entró tras ella.

–¿Tienes que entrar siempre? –le preguntó enfadada.

–¿Por qué no te relajas y disfrutas?

–Olvídate de la escena de seducción porque no te va a servir de nada.

Habían tenido relaciones íntimas todas las noches durante tres semanas. Era fácil para él deducir el porqué.

Deslizó las manos hasta sus pechos.

–Hay otras formas de proporcionarnos placer.

–Ninguna que yo vaya a practicar ahora.

Una risa ronca salió de su garganta antes de besarla. Aquel beso la dejó deseando más, mucho más. Él tardó un rato en alzar la cabeza, y la miró a los ojos.

–Ya está bien –le dio una palmadita en la nalga–. Vete si quieres.

Cuando él salió de la ducha, Danielle casi estaba completamente vestida. Se había puesto un traje pantalón de seda roja y unos zapatos de tacón.

El restaurante tenía vistas al mar, y la comida era excelente. Era muy agradable estar con él a solas, decidió Danielle. No había ningún otro invitado en la mesa con el que tuviera que conversar amablemente, ni existía la posibilidad de que apareciese Cristina para entrometerse.

–¿El apartamento es tuyo? ¿Lo compraste?

–Compré dos –la corrigió Rafe –. Uno para mi uso personal y otro como inversión.

Dada la situación de la propiedad, su valor no podía hacer otra cosa que aumentar.

–Deduzco que tu reunión de esta tarde ha sido un éxito ¿no? –como si pudiese ser de otra manera.

–Sí.

Ella tomó un sorbo de vino.

–¿A qué hora sale el avión mañana?

–Al mediodía.

Qué estancia tan corta. ¿Volverían pronto?

–Sí, dentro de unos meses –le contestó Rafe, y se dio cuenta de que ella se sorprendía–. Tienes una cara muy expresiva.

–Al contrario que tú –era imposible discernir nada de su expresión, y se preguntó si alguna vez sería capaz.

Disfrutaron de un café y después dieron un paseo escuchando los sonidos de la noche. Había muchos yates amarrados en el puerto deportivo, y los cafés estaban abarrotados.

Rafe le tomó la mano, y ella dejó que sus dedos se entrelazaran.

Hacía menos de un mes que se había jurado que odiaría a aquel hombre, pero cada día que pasaba era más difícil. Era su marido y su amante. En poco tiempo, se convertiría en el padre de su hijo. ¿Sería posible que llegase a ser también su amigo? Y cuando su relación pasara a ser la de dos amigos, ¿cómo se enfrentaría ella a la situación?

«No muy bien», le dijo una vocecita. Aquel pensamiento había irrumpido en su mente dejándola callada y pensativa.

«Tonta», pensó. «Se te ha subido el vino a la cabeza». Rafe Valdez le había ofrecido una proposición de negocios, y ella había aceptado todas las cláusulas. Y su relación continuaría siendo siempre de negocios, aunque aquello la matara.

Los días seguían una rutina familiar. Danielle estaba muy satisfecha de cómo progresaba La Femme, cada día con más clientes y unos beneficios que aumentaban vertiginosamente.

Por las noches se abandonaba a la pasión que Rafe encendía en ella. Era increíblemente sensual y siempre la dejaba ansiosa de experimentar algo más que el mero amor físico.

La fecha del desfile que Lillian había organizado se acercaba, y Ariane y ella habían previsto todo hasta el último detalle y habían encargado el género extra que necesitarían.

La clave para que saliera bien era la organización, pensó Danielle aquel día mientras cerraba la tienda y ponía una nota de aviso en la puerta.

Había un fabuloso ramo de flores en el mostrador... Un regalo de *buena suerte* de Rafe.

–¿Qué te parece? –le preguntó Danielle a su madre.

–Cariño, está precioso –le respondió Ariane entusiasmada.

Los encargados del catering habían llevado canapés, zumo de naranja y champán.

Habían revisado el programa y la lencería varias veces, y tenían que llegar tres modelos con Lillian y sus ayudantes. La música también estaba preparada, y ya solo quedaba esperar a las invitadas.

Pero Lillian llegó con solo dos modelos.

–Ha habido un ligero cambio de planes –las informó–. La tercera chica se ha puesto enferma, y he conseguido que Cristina, tan encantadora como siempre, la sustituya con tan poco tiempo.

En ese instante, la rubia entró por la puerta de la tienda.

¿Cristina? ?¿Era la salvadora del evento o había utilizado una de sus artimañas?

Danielle sonrió y controló el deseo de gruñir.

–¡Qué amable! –asintió, odiando aquella situación que la obligaba a mentir–. Las otras modelos están cambiándose. Leanne, nuestra ayudante, te explicará el programa.

Ariane y Lillian fueron hacia la puerta para recibir al primer grupo de invitadas.

A la hora convenida todo el mundo estaba en su sitio y se sirvió el champán. Había muy pocas posibilidades de que algo saliera mal.

Después de mucho deliberar, habían decidido empezar el show con camisones y terminarlo con los sujetadores y tangas más atrevidos. Las tres modelos desfilarían con tres colores diferentes de cada prenda.

Los pijamas de seda, los preciosos camisones y las *négligées* fueron todo un éxito. La largura de las prendas iba disminuyendo en cada pase, hasta que llegaron los saltos de cama de seda más provocativos.

Hasta entonces todo iba muy bien, pensó Danielle aliviada, mientras las ayudantes de Lillian rellenaban los vasos de champán y repartían más canapés en el descanso.

–La gente está reaccionado muy bien –dijo Ariane mientras preparaban más prendas.

–La gente está marcando bastantes artículos en los programas –asintió Leanne–. Si finalmente deciden comprar todo lo que están marcando, tendréis que hacer un pedido enorme para reponer el género.

Danielle cruzó los dedos para que aquello sucediese.

Entonces sonó el teléfono y Ariane contestó la llamada; habló en voz baja, colgó y se acercó a su hija.

–Era Rafe, cariño. Está cerca de la tienda y va a pasarse en cinco minutos.

¿Un hombre en terreno de mujeres?

–¿Cuándo?

–Creo que acaba de dejar el coche en el aparcamiento de detrás de la tienda.

Danielle sintió que se le aceleraba el pulso.

–Voy a abrir –dijo con calma, a pesar de que no se sentía precisamente tranquila.

Rafe estaba esperando en la puerta con una mano en el bolsillo de su impecable traje.

Un ángel, pensó Danielle, e intentó controlar las sensaciones que le recorrían el cuerpo.

–¿Qué estás haciendo aquí?

Él enarcó una ceja y la miró de buen humor.

–¿Hay alguna razón para que no pueda estar aquí?

Demonios, tenía que controlarse.

–No, es solo que no me lo esperaba –esperó a que entrase en la tienda y después cerró con llave–. El desfile está en su punto álgido.

–¿Está saliendo bien?

–Creo que sí.

Le tomó la barbilla y le preguntó:

–¿Pero?

–Nada.

Examinó la expresión de su cara y percibió un gesto de dolor.

–¿Y por eso tienes dolor de cabeza?

Ella consiguió alejarse.

–¿Vas a quedarte?

En realidad, no lo había planeado así. Su intención era pasar por la tienda, saludar a Ariane y a Lillian, dejarse ver un poco y luego marcharse. Pero cambió de opinión.

–¿Te molesta que me quede?

–Estoy segura de que tu aparición va a poner nerviosa a más de una invitada –y a una modelo en particular.

Su risa suave la hizo estremecerse.

–Bueno, intentaré ser discreto.

–Sí, por supuesto, cuando los burros vuelen –se

vengó, pero no fue lo suficientemente rápida como para escaparse del beso que Rafe le dio en la boca. Le dirigió una mirada asesina mientras sacaba del bolso la barra de carmín y se retocaba los labios.

La presencia de Rafe tuvo el efecto que Danielle se esperaba. Las invitadas se sentaron más erguidas y sonrientes, y los movimientos de las modelos se volvieron provocativos.

Rafe achicó los ojos cuando vio a Cristina. Se preguntó hasta dónde habría llegado la rubia para conseguir reemplazar a una modelo. No creía que Lillian Stanich tuviera nada que ver en sus maniobras. Era mucho más probable que Cristina le hubiera ofrecido a la modelo una suma muy superior por llamar y decir que estaba enferma que la que hubiera cobrado por desfilar.

Miró a su mujer y se dio cuenta de que, aunque sonreía, estaba muy tensa.

Danielle estaba haciendo todo lo que podía por no prestarle atención. No le resultaba fácil, sobre todo con la sensación del beso todavía en sus labios, y estaba debatiéndose entre la ira y la resignación ante su presencia.

¿Por qué no se iba? ¿Es que estaba disfrutando de ver a chicas jóvenes que solo llevaban puesta la lencería más excitante?

Cristina estaba muy a gusto en su papel de seductora mientras se movía por la boutique, parándose cada poco tiempo a posar. Miraba a Rafe demostrándole con el movimiento de las pestañas, la sonrisa y su boca tentadora que estaba disponible.

Cuando el desfile terminó, Ariane pronunció unas palabras para agradecer a Lillian la organización del evento y para animar a las invitadas a que usaran sus vales de descuento y contribuyeran a la obra benéfica.

Después se sirvieron pasteles y café. Rafe se quedó solo el tiempo necesario para hablar con Lillian, aunque Cristina se las arregló para abordarlo antes de que se fuera, con el pretexto más inverosímil.

Danielle intentó concentrar su atención en todas las clientas que se acercaban al mostrador con los programas y los vales. La venta fue tan buena que a la hora de cerrar todavía quedaban muchas invitadas en la tienda.

Lillian había sido una organizadora ejemplar, y lo había dispuesto todo para que recogieran las sillas a las cinco en punto. Cuando la última persona hubo abandonado la boutique, Danielle, Ariane y Leanne empezaron a limpiar y ordenarlo todo.

Danielle llegó a casa a las siete y vio que el coche de Rafe estaba en el garaje, así que, evidentemente, estaba en casa. Con suerte, habría cenado y estaría encerrado en su despacho.

Subió a su habitación. Se quitó la ropa, se soltó el pelo y se metió en la bañera.

«¡Qué placer!», pensó al cerrar los ojos y apoyar la nuca en el borde.

Perdió la noción del tiempo mientras pensaba en el éxito de aquella tarde y todo lo que habían vendido. La única pega había sido Cristina.

–Cansada, ¿eh?

Abrió los ojos al escuchar la voz de Rafe, y los abrió aún más cuando lo vio agacharse para ofrecerle una copa de champán.

Brindó con ella y le dijo:

–Por el éxito de esta tarde.

–Se me olvidó darte las gracias por el ramo de flores –le contestó Danielle amablemente.

–Ha sido un placer.

–Has estado muy atento acercándote a ver qué tal iba todo.

–Pero me he excedido mucho quedándome una hora, ¿hmm?

Le lanzó una mirada asesina.

–Las invitadas estaban muy contentas con tu presencia.

–Mi única intención era apoyar el evento.

–¿De verdad? –tenía tentaciones de tirarle algo a la cabeza–. ¿Esa es la razón por la que te quedaste? Yo creía que era para disfrutar de las vistas.

Él se rio suavemente.

–Perdóname, pero es más tentador mirarte a ti, porque sé lo que hay bajo el elegante traje de chaqueta y que puedo tomarlo cuando quiera. Para mí no tiene interés ver a mujeres que no me atraen en ropa interior.

–No parece que Cristina estuviera muy de acuerdo con eso.

–Por supuesto, porque es una exhibicionista con un ego desmesurado.

–Estaba desfilando solo para ti.

–¿Estás celosa?

Danielle tomó la esponja y se la arrojó. Él la esquivó con facilidad, la devolvió a la bañera y se estiró.

–¿Te apetece que me bañe contigo?

–Si entras en la bañera, yo saldré –dijo ella secamente, y se le abrieron los ojos de par en par cuando vio que se quitaba la camisa y se desabrochaba los pantalones.

Se puso de pie y quiso salir de la bañera, pero él la sujetó.

–¡Déjame salir!

Sintió una vez más toda aquella fuerza sensual que invadía sus sentidos.

Intentó escapar, pero en un segundo se encontró en sus brazos.

–Relájate.

Por el amor de Dios, ¿cómo iba a relajarse?

Notó cómo las manos de Rafe se deslizaban por su cuello y empezaba a masajearle la nuca. Era fantástico abandonarse a sus caricias.

Después de unos minutos, no pudo seguir conteniéndose y le dijo:

–Lo haces muy bien.

–Espero que no sea la única cosa que hago bien.

Se le notaba la ironía en la voz, y Danielle sintió cómo se le aceleraba el pulso y aquella deliciosa sensación se extendía hasta el último rincón de su cuerpo.

–¿Qué quieres? ¿Te doy una nota del uno al diez?

A él se le escapó una carcajada.

–¡Dios no lo quiera!

–Déjame salir de la bañera.

–Acabamos de empezar.

Le acarició los pechos y los pezones. Danielle dejó escapar un gemido cuando continuó por el vientre para explorar el punto de unión de sus muslos. Toda aquella voluptuosidad la hizo llegar muy alto y se arqueó, incapaz de controlar sus movimientos. Después la levantó en brazos, la secó y la llevó a la cama.

Apartó las sábanas de un golpe y con un suave empujón la tendió encima de él para penetrar en ella con un fuerte movimiento.

Fue ella quien empezó a moverse y quien marcó el ritmo, exultante de placer, percibiendo el poder que tenía sobre su amante en aquel momento. Disfrutaron plenamente de toda aquella pasión animal y alcanzaron el clímax.

Después, ella se durmió, y a medianoche bajaron para reponer energías con algo tan prosaico como la comida.

Capítulo 9

COMPARTIR el desayuno en la terraza era una forma muy relajada de empezar el día, y Danielle tomó un buen sorbo de café mientras dejaba vagar su mirada por el jardín. Se notaba todo el cuidado que Antonio le dedicaba al césped y a las plantas, y el resultado era de una belleza asombrosa.

Toorak era una zona residencial en la que se alternaban agradablemente casas modernas y antiguas, algunas de ellas con grandes jardines.

La casa de Rafe no era una excepción, y tras sus altos muros, había una atmósfera de intimidad que no indicaba en absoluto que estuvieran tan cerca del centro de la ciudad.

–La próxima semana tengo reuniones en París y Londres –la informó Rafe mientras se terminaba el café–. Salimos mañana.

A Danielle le molestaba el *nosotros* implícito.

–Me imagino que ya habrás hablado de todo esto con Ariane, Leanne está avisada y es un hecho consumado.

Rafe inclinó la cabeza.

–¿Habrías preferido perder el tiempo discutiéndolo?

–¿No vas a darme la oportunidad de negarme a ir?

Rafe contestó con ironía:

–¿Te apetece negarte?

Abrió la boca para decir algo, pero la volvió a cerrar al segundo. *París.* Podría visitar las casas de lencería más importantes, volver a algunos de sus lugares preferidos... Una sonrisa encantadora se dibujó en sus labios.

–¿Quién protestaría por un viaje a París?

Incluso con el tiempo más desapacible, aquella ciudad era mágica.

Danielle se abrochó el abrigo y se enrolló la bufanda al cuello para protegerse del frío. Habían pasado cinco años desde que había estado allí por última vez y quería ver las galerías de arte, pasear por la orilla izquierda del Sena y volver al que había sido su café favorito mientras había vivido allí.

Podía que el cielo estuviera gris, pero ella estaba radiante de alegría.

No le importaba que Rafe estuviera en reuniones de trabajo todo el día. Tenía el Louvre y Notre-Dame, y podía subir a la Torre Eiffel para admirar la vista de la ciudad.

Además, estaba el incentivo de ir de compras en París. Aunque podría haber perdido la cabeza con la tarjeta de crédito de Rafe, se resistió a la tentación y solo compró un regalo para Ariane y unos detalles para Leanne y Elena.

A las seis volvió al hotel de la Avenida de los Campos Elíseos y subió a la habitación. Rafe ya había llegado, se había quitado la chaqueta y se había servido algo de beber.

Observó las mejillas rojas y los ojos brillantes de Danielle y cruzó la habitación para darle un largo beso.

–¿Has tenido un buen día?

–Maravilloso –le respondió, y le sonrió de una manera que hizo que se le encogiera el corazón.

–¿Y tú?

–A los franceses les gusta regatear.

–¿Está siendo un negocio difícil?

–Podríamos decirlo así.

–Pero tú no te vas a rendir, ¿verdad?

–No.

Si cerraba el trato, lo haría bajo sus condiciones.

Danielle dejó las bolsas de las compras en una silla y empezó a desabrocharse el abrigo. Rafe metió las manos en el calor de su cuerpo y empezó a acariciarle el lóbulo de la oreja con los labios.

–Ven conmigo a la ducha.

Bajó las manos hasta sus nalgas y la apretó contra él para que sintiera su excitación.

La deseaba, necesitaba su dulzura y quería perderse en su interior, abrazarla fuertemente y olvidar durante un rato todas las frustraciones del día. Después se vestirían e irían a cenar algo delicioso y a beber un poco de vino, y volverían paseando al hotel.

–No estoy segura de que sea una buena idea.

Sus labios siguieron el camino del cuello hasta la boca.

–¿No?

–Es posible que si lo hacemos no salgamos de la habitación.

Succionó su labio inferior y luego se lo acarició con la lengua.

–¿Y eso es un problema?

–Estamos en París –dijo Danielle simplemente, como si eso lo explicase todo, y él se rio entre dientes antes de besarla profundamente.

Ella le devolvió el beso. Se desnudaron y dejaron caer la ropa al suelo.

Rafe quitó las sábanas y se tumbaron en la cama. Recorrió con la boca el valle que había entre sus pechos y acarició cada pezón con los dientes transportándola a la frontera entre el dolor y el placer.

Entonces ella dibujó círculos en su tetilla con la lengua... y sintió cómo él respiraba con fuerza. Animada por su reacción, tomó su sexo con delicadeza y lo acarició. Al oír que gemía empezó a mover circularmente las manos, lo que hizo que todos sus músculos se pusieran en tensión.

–Ten cuidado –le dijo él en un susurro. Después la besó profundamente y la penetró con un fuerte movimiento.

Sentía mucha presión dado el gran tamaño de su órgano viril y se balanceó un poco para disminuir la sensación al mismo tiempo que ella se adaptaba a su ritmo.

Danielle no pensaba que fuera posible sentirse así cada vez que hacían el amor. Ansiaba el momento en el que saciarían todo su deseo y llegarían hasta lo más alto del placer.

¿Era ella la que estaba gritando y suplicando? Tuvo ese pensamiento mientras estaban atrapados en una marea de emociones que casi la partió en mil pedazos cuando alcanzaron el clímax.

No pudo decir una sola palabra cuando sus cuerpos se separaron, la tomó en brazos y la llevó al cuarto de baño.

Un poco más tarde, mientras se enjabonaban el uno al otro, la palabra cataclismo cruzó por su mente. Una sensualidad que hacía que todo su cuerpo se estremeciera y perdiera la noción de la realidad.

Salieron del hotel y echaron a andar decididamente a pesar del frío de la noche. Podrían haberse quedado a cenar en el hotel, pero había restaurantes muy bonitos en los Campos Elíseos, y no tuvieron que ir muy lejos para encontrar un establecimiento lujoso donde Rafe le pidió al maître, en un perfecto francés, que les diera una mesa.

El vino y la comida eran soberbios y Danielle envió sus cumplidos al chef.

Rafe parecía un gato satisfecho... En realidad, parecía una pantera, pensó Danielle mientras observaba todo el poder que había bajo el traje y la camisa blanca. Se acordó de lo que podían alcanzar juntos, y sintió despertarse otra vez la pasión en su cuerpo.

–¿Danielle? ¿Danielle de Alba?

La voz del hombre le resultó muy familiar, y sus rasgos aún más.

–¿Jean-Claude? –Danielle se quedó sorprendida y dejó escapar una risa alegre mientras recibía un beso en cada mejilla a modo de saludo. Su rostro estaba resplandeciente–. ¡No puedo creerlo!

–Soy yo el que no me puedo creer que estés otra vez en París, querida –entonces miró a Rafe, y después la volvió a mirar a ella–. ¿No vas a presentarnos?

–Por supuesto. Jean-Claude Sebert, Rafael Valdez.

–Soy su marido –dijo Rafe para dejar claras las cosas.

Danielle percibió un ligero tono de advertencia en su voz y se quedó asombrada.

–Jean-Claude es un viejo amigo –le explicó. Había sido muy bueno con ella–. Por favor, siéntate con nosotros. Estábamos a punto de pedir el café.

–¿Estás segura de que no molesto? –miró al hombre que le había puesto un anillo en el dedo y se dijo que no sería muy prudente molestarlo.

Rafe le señaló una silla vacía.

–Por favor.

–Gracias. Y cuéntame, Rafael, cómo has conseguido atrapar a esta criatura tan deliciosa.

–Le hice una oferta que no pudo rechazar.

–Ya veo.

–Eso espero, amigo mío –dijo Rafe al tiempo que le hacía una seña al camarero para pedir el café.

–Parece que hace mucho tiempo que no nos vemos, pero en realidad no es tanto –sonrió con cariño–. Estás incluso más bonita que antes.

Danielle lo miró con picardía y le respondió:

–Y tú estás incluso más adulador ¿no?

–Ah, me conoces muy bien.

–Jean-Claude estaba estudiando Arte en la Sorbona cuando nos conocimos –le explicó a Rafe, consciente de que él lo estaba analizando todo–. Fue durante una visita guiada al Louvre. Estaba dispuesto a triunfar en el mundo entero con su obra.

–¿Y lo has conseguido? –le preguntó Rafe con una aparente falta de interés.

–Bueno, no en el mundo entero, pero sí en una pequeña parte.

–¿Pequeña hasta qué punto, Jean-Claude? –le dijo Danielle–. Tú siempre has sido muy modesto.

–Hay cuadros míos en algunos museos.

El camarero les sirvió el café.

–¿Cuánto tiempo vais a quedaros?

–Unos días solamente –respondió Rafe, que pudo percibir la desilusión del francés.

–Bueno, cuéntame qué tal te ha ido a ti la vida, Jean-Claude. ¿Te has casado?

–Sí, pero duró poco tiempo. No salió bien –respondió encogiéndose de hombros–. Ahora le dedico todas mis energías al trabajo.

–Lo siento.

–Sí, me lo imagino –se terminó el café, se levantó y puso un billete encima de la mesa.

Rafe quiso devolvérselo, pero él no lo aceptó.

–Si me disculpáis.

Le acarició una mejilla a Danielle y le dijo:

–Adiós, querida –se volvió hacia Rafe e inclinó levemente la cabeza–. Rafael.

Ella lo siguió con la mirada mientras se alejaba. Después tomó su taza y apuró el café.

–No, no lo fue –le dijo suavemente a Rafe, mirándolo a los ojos.

–¿Estabas enamorada de él? –preguntó Rafe entendiendo lo que había querido decir ella.

–Estuvo ahí cuando lo necesité. Alguien de quien yo creía estar muy enamorada me demostró que estaba más interesado en la fortuna de los Alba que en mí. Jean-Claude me ayudó a recomponer mi corazón, que se me había roto en mil pedazos.

«Y se enamoró de ella», pensó Rafe, preguntándose si ella lo había sabido.

–Parece que lo he juzgado mal.

–Y no vas a tener la oportunidad de arreglarlo.

–¿No seguisteis en contacto?

–No habría sido justo para él.

Rafe llamó al camarero y pagó la cuenta.

–¿Nos vamos?

Dieron un paseo, parándose en algunos escaparates. Había un gran ambiente nocturno.

Danielle notaba una emoción que no había experimentado en ninguna otra ciudad del mundo. Quizás era que lo miraba todo con ojos nuevos, pero las cosas parecían muy diferentes.

O quizás era ella la que había cambiado. Había estado a punto de perder su forma de vida y en el presente apreciaba más todo lo que tenía, y le daba más importancia a la dignidad y la honradez que a la riqueza y a la falsa amistad.

Volvieron tarde al hotel, y Rafe abrió el ordenador portátil y se sentó a trabajar.

–Terminaré en un rato.

–Bien –le contestó Danielle.

Una hora más tarde, Rafe observaba sus rasgos tranquilos mientras dormía, que reflejaban la belleza de su alma. Se le encogió el corazón, y algo se despertó muy dentro de él.

Los días pasaron rápidamente, y Danielle casi no tuvo tiempo de hacer todas las cosas que había planeado.

Descubrir de nuevo la ciudad le resultó muy estimulante. Volvió a encontrarse con aquello que le era familiar y conoció muchas cosas nuevas, aunque habría sido fantástico tener un mes en vez de unos pocos días. De todas formas, se las arregló para concertar citas con dos boutiques exclusivas de lencería y ver las colecciones para la próxima temporada.

Había mucho que hacer, pero todas las noches volvía al hotel para arreglarse a tiempo y seguir explorando la ciudad con Rafe.

Cuando aquellos maravillosos días pasaron, volaron a Londres para estar allí dos días y después volvieron a casa.

Sonó el teléfono. Danielle dejó el maniquí que estaba vistiendo y se acercó a contestar la llamada al mostrador.

– La Femme. Buenas tardes. Soy Danielle, ¿en qué puedo ayudarla? –dijo amablemente.

–¿Han recibido ustedes las braguitas? –preguntó una señora con un tono autoritario y arrogante que la identificaba sin lugar a dudas.

Aquella clienta del demonio.

–Sí, las compré especialmente para usted en París, en el color y la talla de las otras. Puede pasar a recogerlas cuando quiera.

La mujer se quedó callada durante un instante mientras asimilaba la información.

–Me pasaré por allí mañana.

«Fantástico», pensó Danielle con ironía.

Había devuelto unas braguitas que había comprado durante el desfile benéfico con la excusa de que tenían un defecto en el encaje cuando las adquirió. Ariane y Danielle estaban completamente seguras de que aquello no era verdad, porque examinaban cuidadosamente cada prenda al recibir los pedidos y solo después se ponían a la venta.

Lo cual les demostraba que aquello había ocurrido después de la compra. Lo único de lo que no estaban seguras era de si había ocurrido por accidente o a propósito.

La mujer había armado un gran alboroto en la tienda y las había acusado de vender prendas falsificadas a un precio exorbitante. Ellas habían detectado en todo aquello la intención inequívoca de denigrarlas, y por eso Danielle había guardado los recibos y envoltorios como prueba de que todo era una mentira.

De todas formas estaba inquieta. Si la clienta hubiera sido Cristina, todo habría estado claro. Pero las dos quejas de los últimos diez días habían venido de diferentes mujeres.

Afortunadamente, los días siguientes pasaron sin percances con ningún encargo especial, ni la devolución de una prenda defectuosa, ni ninguna otra queja.

La tienda prosperaba cada vez más, y el catálogo ya estaba circulando.

En el aspecto social, Danielle estaba teniendo una semana tranquila.

El viernes durante el desayuno le preguntó a Rafe:

–¿Te importa que invite a Ariane a cenar?

Él levantó la vista del periódico.

Tenía el poder de dejarla indefensa solo con la mirada. Se preguntó cómo era posible que estuviera allí sentado, tan tranquilo, después de haber compartido aquel erotismo salvaje por la noche. Ella todavía sentía toda la fuerza con que la había poseído y la habilidad con que acariciaba sus zonas erógenas.

–¿Esta noche?

«Contrólate», se aconsejó mentalmente, pero no le sirvió de mucho.

–Había pensado el domingo, si no tienes otros planes –le dio un bocado a la tostada y tomó un poco de café.

–El domingo está muy bien.

–Yo cocino –y arrugó la nariz al ver que él levantaba la ceja–. ¿Te crees que no sé cocinar algo elaborado?

–¿Sabes?

Se lo demostraría. Cocinaría algo exótico.

Rafe terminó el café y se levantó.

–No me esperes para cenar.

–Yo no voy a venir a cenar tampoco. Hoy se cierra tarde –le recordó, y lo siguió hasta la puerta. Tomó la chaqueta y el maletín, y fue con él hasta el garaje.

–Mmm –Danielle escuchó el murmullo de aprobación de Rafe cuando este entró en la cocina el domingo por la tarde y olfateó lo que estaba cocinando–. Huele muy bien.

Estaba muy bonita. Llevaba unos vaqueros cortos y una camiseta, el pelo recogido en una coleta y la cara lavada. Tenía una mancha de harina en la mejilla.

Se acercó y la abrazó, pero ella le dio una palmada en el brazo, aunque no pareció afectarlo demasiado, porque la besó.

Cuando el beso terminó y la miró a la cara, notó una expresión de alegría que ella se apresuró a disimular con más rapidez de la que a él le habría gustado.

–Si vas a estar en la cocina, podrías hacer algo útil –y le señaló un montón de sartenes y cazos–. ¿Te apetece fregar eso?

Había trabajado en algunos restaurantes cuando no tenía nada y necesitaba comer.

–Sube a arreglarte.

No fue necesario que se lo dijera dos veces. Cuando volvió después de un rato, la cocina estaba perfectamente limpia y ordenada.

Ariane llegó a las cinco, saludó a Rafe y le entregó una botella de buen vino. Se rio resignadamente cuando Danielle rechazó cualquier tipo de ayuda.

Había merecido la pena todo el esfuerzo, porque la cena resultó deliciosa. Cuando terminaron, salieron a la terraza a tomar el café.

Soplaba una brisa fresca y el cielo lleno de estrellas tenía un color mágico. Danielle tuvo que reconocer que hacía mucho tiempo que no disfrutaba de tanta tranquilidad.

Capítulo 10

ESTÁS segura de que no hay ningún problema porque me marche antes? –preguntó Ariane un poco preocupada.

–¿A mediados de semana, y a las cinco de la tarde? –dijo Danielle con una sonrisa–. No creo que la tienda se vaya a ver de repente invadida por hordas de clientes. Vete tranquila, me las puedo arreglar perfectamente sola.

Veinticinco minutos más tarde, miró el reloj y apagó el equipo de música. Al cabo de unos minutos, podría cerrar la puerta delantera, tomar el cambio de la caja y marcharse. Imaginó la piscina de Rafe. Nadaría un poco antes de arreglarse para ir a una exposición de escultura a la que estaban invitados esa misma tarde. Era un evento al que solo asistiría un selecto círculo de clientes y coleccionistas de las obras del artista.

Pensó en lo que se pondría e hizo un recuento mental de los vestidos de su armario.

El negro era una apuesta segura, pero quizás...

El sonido del timbre de la puerta la sobresaltó un poco, porque no era normal que una clienta fuera a la tienda a esas horas.

Era un joven vestido de motociclista, con el casco puesto, que le dio mala impresión.

–¿Puedo ayudarlo en algo? –le preguntó Danielle acercándose a él.

Quizás hubiera ido de parte de su novia, y supiera la talla y el modelo de la prenda de memoria. Señaló un maniquí que estaba a la izquierda.

–¿Tiene ese conjunto en negro en la talla diez?

En un minuto, Danielle abrió el cajón y sacó la prenda. Comprobó dos veces la talla y fue hacia el mostrador para tomar el papel de envolver y una bolsa.

De repente, sintió que le agarraba los brazos fuertemente y se los sujetaba a la espalda. Gritó estupefacta:

–¿Qué demonios está haciendo?

–Cállate.

Estaba segura de que quería robar la tienda, y no iba a permitírselo sin ofrecer resistencia. Le dio una patada con el tacón y oyó un gruñido de dolor mientras la tiraba al suelo. Se resistió inútilmente, porque él era mucho más fuerte. La tenía de rodillas y le sujetaba las manos retorciéndoselas sin ningún esfuerzo. Pero Danielle lo mordió en el muslo, y en respuesta él la agarró del pelo, le inclinó la cabeza para atrás y le dio un puñetazo en la mejilla.

–Zorra.

A Danielle se le llenaron los ojos de lágrimas de dolor.

–Toma el dinero de la caja y márchate.

Entonces oyó un ruido de cinta adhesiva y una risa de desprecio, y luchó como una fiera antes de permitir que le atase las manos. Tenía el pelo por la cara y casi no podía respirar. Él acercó la cabeza a su cara y la amenazó:

–Intenta resistirte otra vez, y desearás estar muerta.

La miró con una mezcla de odio y furia.

–¿Ahora no vas a decir nada? –la provocó. Sus ojos eran fríos y crueles. Le agarró la cara con las dos manos.

–¡No... no me toques! –estaba realmente furiosa.

–Intenta evitarlo.

Intentó darle una patada, pero él le tomó las piernas y se las ató con la cinta.

Danielle vio cómo abría la caja registradora y se metía todos los billetes y las monedas en el bolsillo. Después se agachó y le dijo:

–Cuando consigas que alguien te ayude, ya estaré muy lejos.

Tiró todo lo que había en el mostrador al suelo y desapareció.

Danielle intentó arrastrarse hacia el teléfono. Demonios, ¿quién se habría imaginado que la cinta adhesiva fuera tan efectiva?

Si pudiera llegar hasta el cajón y tomar las tijeras, quizás pudiera cortarla.

Le tomó algo de tiempo, pero lo consiguió. Primero se desató los tobillos y después las piernas, pero le resbalaron las tijeras y se hizo un arañazo en un muslo.

Así, al menos, pudo llegar al teléfono y marcar con dificultad el número.

Rafe contestó al tercer tono.

–¿Diga?

–Han atracado la tienda –dijo con calma–. Tengo que poner una denuncia.

Lo oyó soltar un juramento.

–¿Estás bien?

Estaba enfadada y algo asustada, pero no herida.

–Sí.

Rafe llegó en cinco minutos, y Danielle había conseguido soltarse las muñecas.

Lo examinó todo con una rápida mirada y se le congeló la expresión de la cara mientras cruzaba la tienda hacia ella.

Los ojos le brillaron de ira cuando vio la marca roja que Danielle tenía en la mejilla.

–Te ha pegado.

–Ha podido ser mucho peor.

Rafe tomó su cara y se la acarició suavemente. Después inclinó la cabeza para darle un beso suave que casi la hizo romperse en mil pedazos.

–Dime lo que ha pasado.

Se lo contó todo con tranquilidad, aunque la voz le tembló un poco cuando él le apartó un mechón de la cara.

–Bien, vamos a llamar a la comisaría.

Gracias a la influencia de Rafe la policía llegó a La Femme en un tiempo récord. En realidad, lo único que se podía hacer era poner la denuncia. El atracador no había destrozado la tienda, había robado solo cien dólares y no había herido a Danielle. Además, llevaba guantes de cuero, lo cual significaba que no había dejado ninguna huella dactilar, y no se había quitado el casco, así que reconocerlo era prácticamente imposible.

La policía investigaría y haría preguntas en los alrededores de la tienda, pero la posibilidad de que alguien hubiera visto algo o hubiera memorizado la matrícula de la moto era casi nula. Así que, probablemente, el asunto terminaría con un expediente incompleto.

Cuando la policía se fue, Danielle tomó su bolso y los dos salieron de la tienda.

–Nos vemos en casa.

Rafe la miró fijamente.

–Prefiero que no conduzcas.

–¿Por qué?

–Hazme caso.

–Estoy bien –insistió ella. En realidad lo estaba. Solo tenía la ligera sospecha de que aquel robo había sido un acto premeditado con un objetivo.

Rafe se dio cuenta de que estaba totalmente decidida, y también percibió que había algo más, pero no intentaría averiguarlo hasta más tarde. En ese momento, lo único que quería era alejarla de allí.

Tenía que hacer unas cuantas llamadas para contratar un servicio de seguridad. Mientras la seguía hacia casa, llamó desde el coche con el móvil, y se sintió satisfecho al saber que sus instrucciones se llevarían a cabo al día siguiente.

Llegaron al garaje casi al mismo tiempo, y Rafe la condujo directamente a la habitación, abrió el grifo del baño y empezó a desabrocharle la chaqueta.

–Puedo quitarme la ropa yo sola.

–Ya lo sé –dijo mientras le bajaba la cremallera de la falda.

–Vamos a llegar tarde a la cena.

–No me importa.

La falda cayó al suelo, y después el resto de la ropa. Le desabrochó el sujetador y le acarició los pechos. Su cuerpo respondió al instante y la intensa sensación que le produjeron sus caricias le removió el alma. Cerró los ojos para dejarse llevar donde él quisiera. Sin decir una palabra, él se quitó la ropa y ella lo miró muy excitada.

Cuando vio el arañazo que tenía en el muslo, la mirada se le llenó de furia.

–Se me resbalaron las tijeras cuando me estaba desatando las piernas.

La miró con los ojos entrecerrados.

–¿Te tocó?

–No de la forma que tú imaginas –solo de pensarlo, le daban escalofríos.

Fueron al cuarto de baño y se metieron en la bañera.

La acarició con las manos llenas de jabón, y le besó delicadamente los hombros y el cuello. Aquel baño fue algo increíblemente sensual. Era sublime dejar descansar su cuerpo contra el de él, cerrar los ojos y sentirlo. Notó que le cepillaba el pelo con suavidad, y le dio las gracias en un murmullo. Después le dio un masaje en los hombros y deshizo la tensión de sus músculos, y le giró la cabeza para besarla.

Había muy poco deseo en aquel beso... Era tan dulce que casi la hizo llorar.

Danielle se apretó más contra él y le rodeó el cuello con los brazos. Necesitaba que la confortara y notar su calidez.

Ese hombre no iba a quererla, pero por el momento lo que tenía le resultaba suficiente. Desear algo más era una tontería que no podía permitirse.

Sonrió mientras se levantaba y le preguntaba:

–¿Ya se te ha olvidado que tenemos que ir a la exposición de Daktar?

–Voy a llamar por teléfono para decir que no vamos.

Danielle le puso el dedo índice en los labios.

–Me gustaría ir.

–¿Vas a contarme por qué?

Era demasiado listo.

–Podría estar equivocada.

–¿Y si no lo estás?

Empezó a secarse y Rafe la imitó.

–Tengo que enfrentarme a ello.

«Por supuesto que lo harás, pero yo voy a ayudarte» pensó él mientras la seguía hacia la habitación y comenzaban a vestirse.

Al día siguiente habría cámaras de seguridad en la tienda. También instalarían un botón que avisaba directamente a una empresa de seguridad en caso de emergencia. Además habría un guardia desde la hora de abrir hasta la de cerrar.

Por otra parte, había planeado llevar a cabo una investigación. Si alguien quería asustarla o algo peor, se lo haría pagar bien caro.

Independientemente de que ella estuviese de acuerdo o no.

Llegaron a la galería un poco después de las ocho, y Danielle tomó una copa de champán que le ofreció un camarero.

Solo las personas más selectas de su círculo social habían sido invitadas al evento. Las mujeres vestían elegantes vestidos y lucían joyas impresionantes que hacían necesaria la presencia de guardias de seguridad.

Se había asegurado de que el golpe de la mejilla no se notase disimulándolo con el maquillaje. Había elegido un vestido rosa que realzaba su tono de piel y marcaba su esbelta figura, y para conseguir una imagen sofisticada, se había recogido el pelo en un moño y no se había puesto ninguna joya, tan solo un precioso broche.

Los dos pasearon mirando las esculturas. Una de ellas mereció la especial atención de Danielle, y Rafe tomó nota. Era una pieza de bronce de unos cincuenta centímetros, colocada entre unos espejos para poder apreciar todos y cada uno de sus ángulos.

– Es extraordinaria –dijo simplemente. Podría colocarla en la tienda, sobre un pedestal de mármol al lado del mostrador, para que llamase la atención.

Buscó el precio en el catálogo. Quizás no fuera tan buena idea. Necesitaría incrementar el seguro de la boutique solo para cubrir el valor de la pieza.

–Rafe, Danielle. Qué agradable volveros a ver.

Danielle se dio la vuelta y sonrió a Lillian Stanich.

–Lillian –la saludó Rafe encantador–, ¿me perdonáis unos minutos?

Se alejó para saludar a otros invitados.

–Tiene algo especial, ¿verdad? –le comentó Lillian a Danielle.

–Sí, algo especial –contestó Danielle.

–Hacéis muy buena pareja.

–Se lo diré a Rafe de tu parte.

–Estoy organizando otra fiesta para el mes que viene. Ya te mandaré las invitaciones.

–Vas a invitar también a Ariane, ¿verdad?

–Por supuesto, querida.

–Gracias.

–Bien, ¿me perdonas?

Cuando se quedó sola, le dirigió a la escultura una mirada de resignación y continuó observando las demás obras. Unos instantes más tarde, miró instintivamente hacia el otro lado de la galería, y allí, vestida de un llamativo color rojo, estaba Cristina.

Si la rubia se sorprendió de verla, lo disimuló a la perfección. Danielle levantó la copa a modo de saludo, y vio cómo se dirigía hacia ella.

–No esperaba verte esta noche.

Como saludo, aquello carecía de gentileza.

–¿Por qué, Cristina?

–¿Qué tal París?

–Romántico, a pesar del cielo gris, el frío y la lluvia.

–La ciudad de los amantes.

–Sí.

Cristina tomó un poco de champán y siguió el borde de la copa con el dedo.

–No te enamores de él, querida.

Sonrió fríamente y añadió:

–Es fatal.

Danielle vio que Rafe se acercaba un segundo antes de que la rubia se volviera y le dirigiera una mirada asesina.

–Estábamos hablando de ti –dijo Danielle.

Rafe notó la tensión que había en el ambiente y le puso una mano en la cintura.

–¿Nos vamos a casa?

–A Cristina le gustaría tomar otra copa de champán.

–¿Te importa, querido?

–Voy a llamar a un camarero –levantó una mano e hizo una seña, y a los pocos segundos, se acercó un camarero con una bandeja de bebidas.

–Aguafiestas –murmuró Danielle en voz baja, y sintió que él le apretaba los dedos en la cintura.

–¿Nos vamos?

–Santo Cielo –se burló Cristina–, ¿tan pronto?

–Está planeando una escena de seducción, ¿verdad, *querido*? –repitió la expresión de cariño cínicamente, cosa que a la rubia no le pasó desapercibida. Por un momento, le brillaron los ojos con furia, pero rápidamente se dominó y dijo:

–En ese caso, que os divirtáis, queridos. Seguro que volveremos a vernos muy pronto.

Danielle vio cómo Cristina se alejaba y empezó a sentir un dolor de cabeza que la hizo sentirse débil.

–Nos hemos quedado demasiado tiempo –dijo Rafe, que se había dado cuenta, y la dirigió hacia la puerta sin que ella protestase.

Apoyó la espalda y la cabeza en el respaldo del coche y cerró los ojos. En un cuarto de hora estaban entrando en la habitación, y empezó a desvestirse consciente de que él la observaba mientras se quitaba la corbata y la chaqueta.

–¿Te importaría contarme qué es lo que está pasando?

–No –le contestó simplemente. Entró en el cuarto de baño, se desmaquilló y se puso su camiseta de dormir.

Cuando salió, él la ofreció un vaso de agua y dos pastillas.

–Tómate esto y acuéstate.

Se sentía como si la cabeza no perteneciese a su cuerpo. Se tragó las dos pastillas y se metió entre las sábanas. La última cosa que recordaba fue que Rafe apagaba la luz y ella se perdía en la oscuridad de la habitación y sentía el alivio del sueño.

Desayunaron en la terraza, y ante la insistencia de Rafe, llamó a su madre y le contó todo lo que había pasado la tarde anterior. Ariane se quedó muy impresionada, y Danielle tuvo que tranquilizarla y asegurarle que estaba bien.

–Por supuesto que voy a ir a trabajar –le dijo antes de colgar el auricular.

–He contratado una empresa para que instale un sistema de seguridad en la tienda –la informó Rafe mientras ella se servía zumo de naranja.

La jarra se quedó inmóvil.

–¿Cómo dices?

–Ya lo has oído.

–No es necesario...

–Ya he tomado la decisión, Danielle. No hay discusión posible.

–¡Y un cuerno que no la hay!

–Los técnicos van a ir a instalarlo hoy por la mañana. No os molestarán mucho.

Tenía ganas de estampar un pie contra el suelo por la frustración que sentía ante su prepotencia.

–¿Estás bien? –le preguntó Ariane en cuanto llegó a La Femme.

–Estoy perfectamente –le confirmó. Se sentía como una niña a la que sus padres prestaban toda la atención del mundo, salvo por el hecho de que la atención de Rafe no podía decirse que fuera paternal.

–Han llegado unos cuantos faxes, cariño. Uno de París para confirmar nuestro pedido, y otro de un proveedor diciendo que uno de los encargos se va a retrasar.

–De acuerdo. Dame un minuto para mirar el correo electrónico.

–Acabo de hacer café.

Entonces sonó el timbre de la puerta y Danielle abrió a un hombre que le dio su tarjeta de visita. Era uno de los técnicos de la empresa de seguridad. Nada más empezar su trabajo entró también una joven que le presentó sus credenciales e insistió en que había sido contratada por Rafael Valdez como guardia de seguridad.

–¡No me lo puedo creer! –dijo Danielle muy enfadada, mientras iba hacia el teléfono para llamar a Rafe.

Él escuchó con calma todas sus protestas, y le contestó:

–Maris se queda. No hay más que hablar.

–¡No necesito una maldita guardaespaldas!

–Pues te aguantas, Danielle.

–Hablaremos de esto cuando llegue a casa.

–Como quieras.

Le dio la sensación de que podían hablar de ello cuanto quisiera, pero el resultado sería el mismo, y lo maldijo otra vez cuando colgó.

–Sé usar el programa que utilizan, y estoy familiarizada con las técnicas de venta. Podría actuar como vendedora, y en esta situación, creo que es lo más aconsejable –le recomendó Maris.

No había más de qué hablar, pensó Danielle, y vio cómo uno de los técnicos conectaba la alarma.

¡Iba a ser un día horrible!

No solo instalaron la alarma, sino también cámaras de seguridad dentro y fuera de la boutique. La tienda se había convertido en un lugar mucho más seguro que un banco, le dijo a su madre.

–Cariño, Rafe quiere lo mejor para ti. Lo de ayer fue mala suerte, pero pudo haber sido mucho peor.

Maldita sea, ella ya sabía todo aquello. Y en medio de toda la furia que sentía, estaba agradecida, aunque eso no evitó que nada más entrar en casa lo atacara verbalmente.

Estaba en el despacho, mirando cifras en el ordenador. Levantó la vista de la pantalla y le prestó toda su atención.

–¿Por qué no me lo consultaste? –le preguntó sin ningún preámbulo.

¿Se había dado cuenta de lo preciosa que estaba cuando se enfadaba? No dejó traslucir lo divertido que le parecía aquello.

–Es un hecho consumado –le contestó, mientras ella intentaba controlar su indignación.

–Está bien –dijo mientras cruzaba la habitación hacia él–. Acepto lo de la alarma, incluso lo de las cámaras –apoyó las manos sobre la mesa y se inclinó hacia delante–. ¡Pero lo de Maris! De verdad, Rafe, lo de Maris es una exageración.

–Es una de mis empleadas, soy yo quien le paga –cruzó su mirada con la de Danielle–. Fin de la discusión.

Danielle tomó la primera cosa que encontró en la mesa y se la tiró, viendo con fascinación cómo la atrapaba en el aire y la volvía a colocar en su sitio sin ningún problema.

Se levantó y anduvo hacia ella.

–¿Es que quieres probar algo?

–Sí. Aunque solo sea por una vez, me gustaría saber que hay algo sobre lo que no tienes el control.

Él le sujetó la barbilla. Se preguntó cuándo el deseo y la lujuria se habían convertido en amor. No podía señalar el momento exacto, pero había ocurrido.

–Ya lo has conseguido. La otra noche, cuando supe que alguien te había herido, y me imaginé cuánto daño podría haberte hecho.

¿Qué estaba intentando decirle? ¿Que le importaba? Aquel pensamiento la conmovió.

Durante unos segundos eternos no pudo apartar la vista de su cara y se quedó inmóvil. Había algo indescifrable en aquellos ojos negros. Sintió que su ira desaparecía.

–Lo siento.

Él sonrió, y trazó el contorno de sus labios con el pulgar.

–Sí, estoy seguro de que lo sientes.

Dejó caer la mano y le señaló una caja que había debajo de la ventana.

–Ábrela.

No podía dejar de mirarlo. Fue hacia la caja y la abrió.

Estaba muy bien empaquetada, y al principio no supo qué era. Cuando deshizo el embalaje, vio unos paneles de espejo.

La escultura que la había fascinado en la galería.

–¿La has comprado? –le preguntó con incredulidad.

–Me pareció que quedaría muy bien en la tienda.

Danielle la envolvió otra vez y se volvió para mirarlo. No sabía si reír o llorar.

–Te estoy muy agradecida.

–Ya me ocuparé de que me des las gracias.

Estaba bromeando, y ella lo sabía. Pero aun así esperó ansiosa a que llegara la noche mientras cenaban, trabajaba un poco con el ordenador y se duchaba.

Esa noche fue ella quien lo buscó, y él disfrutó de sus caricias increíblemente. Pero después él marcó su ritmo y los condujo hacia un clímax que los dejó exhaustos y bañados en el calor de la voluptuosidad.

–¿Por qué siempre tienes que ganar? –le preguntó casi sin respiración.

–Porque puedo –le contestó él.

Capítulo 11

CARIÑO, estás muy pálida –le dijo Ariane con preocupación unos días más tarde–. ¿No será que estás enferma?

–No creo. Estoy un poco cansada, nada más.

–Quizás estés trabajando demasiado.

Miró con ironía a su madre.

–No más de lo normal –no podía contarle que Rafe la despertaba por las noches muy a menudo.

–A lo mejor estás embarazada.

Danielle reflexionó sobre las fechas, y negó con la cabeza.

–Lo dudo.

Aun así, fue a la farmacia, compró un test de embarazo y se quedó encogida en el lavabo cuando hizo la prueba y dio positivo.

¿Cómo podía estar embarazada? Aquella era una pregunta estúpida. El médico se lo confirmó.

–Está de ocho semanas.

–No puede ser.

–Sí, lo está.

–Pero tuve el período la semana pasada.

–¿No notó nada extraño?

Arrugó la frente. Había manchado muy poco, y se lo contó al doctor.

Entonces escuchó asombrada la explicación. Después, el médico le mandó unos análisis de sangre, y salió de la consulta con una tarjeta en la que le habían anotado la próxima cita.

Dios Santo. Un niño. Su niño.

Iba asimilando la noticia mientras se sentaba en el coche y volvía a la boutique.

No podía ocultárselo a su madre. Ella tenía derecho a saberlo.

Y también Rafe.

–Estás embarazada –dedujo Ariane en cuanto Danielle entró en la tienda–. Oh, cariño, qué noticia tan maravillosa –continuó entusiasmada, y abrazó cariñosamente a su hija.

Debería estar exultante de alegría por haber cumplido la primera parte del trato. ¿Por qué no lo estaba?

Porque eso significaba que, a partir de aquel día, había una fecha límite para que su matrimonio terminara.

–¿No vas a llamar a Rafe para decírselo? –le preguntó Ariane al ver que estaba indecisa.

–No, voy a esperar hasta esta noche.

En circunstancias normales, habría reservado mesa en su restaurante favorito y le habría dado la noticia con velas y una copa de vino. Sin embargo, en aquella situación estuvo toda la cena pensando las palabras adecuadas, y al final se rindió y apartó el plato con desgana.

–¿No tienes hambre?

–No mucha.

–¿Te ocurre algo?

Nunca iba a ser el momento oportuno.

–He estado en el médico hoy. Estoy embarazada.

Una intensa emoción se le reflejó en los ojos, pero se las arregló para dominarse.

–¿Cuándo nacerá?

Lo habían concebido durante los primeros diez días de su matrimonio.

–A mediados de julio.

Esbozó una sonrisa que no alcanzó sus ojos.

–Ya he cumplido la primera parte.

Él se quedó en silencio unos instantes. La miraba fijamente.

–¿Qué tal estás?

Oh, Dios mío. ¿Cómo le contestaba a eso? Pensó en utilizar la ironía, pero no se atrevió.

–Muy bien.

–Por supuesto, te pondrás en manos de un ginecólogo, y reducirás las horas de trabajo.

–No.

Él ni siquiera se movió. La miró con una frialdad que hizo que se estremeciera.

–¿No?

–Soy joven y estoy sana –razonó Danielle–. Si el médico de cabecera decide que me tiene que tratar un ginecólogo, entonces lo haré –hizo una pausa para tomar aire–. Y respecto a la tienda... Tengo la intención de seguir trabajando hasta las últimas semanas –le dirigió una mirada iracunda–. Estamos hablando de mi cuerpo y de mi hijo. Al menos durante el embarazo somos inseparables –se levantó, porque en ese momento necesitaba alejarse de él.

Antes de que hubiese dado un solo paso, Rafe la tomó de la mano.

–Deja que me marche –se lo estaba pidiendo

desde el fondo del corazón, pero no le hizo caso y la acercó a él.

–Es tu cuerpo y es mi semilla –dijo Rafe con suavidad. Le puso la mano a Danielle sobre el vientre–, *nuestro* hijo.

¿Cómo podía decir eso? El niño era un ser vivo al que llevaría en sus entrañas otros siete meses, lo alimentaría y querría durante su infancia, pero solo podría compartir una corta temporada de su vida.

Parecía una locura, pero ya estaba anticipando el momento en que tendría que separarse de un niño que todavía no había nacido.

Y Rafe... ¿Cómo iba a poder soportar que se alejase de ella y verlo casarse de nuevo?

Y lo que era aún peor, ¿cómo podría vivir sin él?

Darse cuenta de todo aquello la destrozó. No podía haberse enamorado de él. ¡Demonios, el amor no entraba en el trato!

Debían de ser las hormonas las que estaban causando estragos en sus emociones, intentó racionalizar una parte de su cerebro mientras la otra lloraba.

–Voy a cancelar el compromiso de esta noche.

Oyó aquellas palabras y sintió una punzada en el estómago.

Era la noche de apertura de la temporada de teatro, y habían sido invitados al estreno de la obra de un importante dramaturgo australiano. ¿Cómo podía haberse olvidado?

La idea de arreglarse y encontrarse con el resto de los invitados no la entusiasmaba. Sin embargo, era un acto social muy prestigioso, y su ausencia sería comentada.

–¿Por qué? El embarazo no me ha convertido en una flor delicada.

La pensativa y cálida sonrisa de Rafe casi la derritió. Le temblaron un poco los labios cuando él la besó suavemente en la frente.

–Nunca pensé tal cosa.

Entraron en el auditorio diez minutos antes de que empezara el primer acto. Todas las entradas se habían terminado hacía varios días, y se decía que asistirían varios mecenas muy conocidos.

–Rafe, Danielle. Esperaba encontraros aquí.

Oh, Dios. Cristina. Danielle tuvo que reconocer que estaba impresionante con un vestido de seda color marfil. No conocía a su acompañante, e intentó alejar la idea de que la rubia lo habría contratado para que fuese con ella aquella noche.

–Creo que estamos sentados juntos.

Danielle se preguntó cómo habría conseguido manipular la situación. Por suerte, sonó el aviso de que la obra iba a empezar y se salvó de mantener una conversación de cortesía.

Por supuesto, Cristina se las arregló para sentarse a la derecha de Rafe, y Danielle tuvo pensamientos asesinos mientras ocupaba el sitio libre a su izquierda.

Rafe le tomó la mano y ni siquiera pestañeó cuando ella le clavó las uñas en la palma. Danielle intentó que la soltara, pero él no lo hizo, así que se concentró en la obra y en los actores. Iba a haber tres actos y dos descansos. Durante el primero de ellos, se excusó y fue al cuarto de baño.

Cuando salió, vio a Cristina conversando con Rafe, aunque para ser justos era la rubia la que hablaba todo el rato.

Danielle se reunió con ellos, y se le abrieron mucho los ojos cuando Rafe volvió a tomarle la mano y se la llevó a los labios.

–¿A qué estás jugando? –le preguntó en voz baja cuando volvían a sus asientos.

–A dar confianza.

–¿A mí, o a ti mismo?

El segundo acto la mantuvo absorta durante casi todo el tiempo. Era consciente de que Cristina podía estar maquinando algo, pero por orgullo renunció a vigilar si había puesto las uñas sobre alguna parte de la anatomía de Rafe.

Durante el segundo intermedio, tuvo la necesidad de ir otra vez al servicio, y se preguntó si aquella era la maldición de las mujeres embarazadas. ¡Tendría que comprarse un libro y enterarse de todo!

No había mucha cola, y cuando salió, se encontró a Cristina haciendo como que se retocaba el maquillaje delante del espejo.

Debía de haber algún motivo por el cual la rubia estaba allí.

¿Para qué iba a perder el tiempo?

–Seguro que no estás aquí por una coincidencia –le preguntó.

–Sería una pena que La Femme sufriera unos cuantos contratiempos.

–¿Me estás amenazando, Cristina? –Danielle se tomó unos segundos para pintarse los labios, cerró la barra de labios y la guardó en el bolso–. Si es así, me aseguraré de que seas la primera a la que investigue la policía. Te recuerdo que el dueño de La Femme es Rafe, y tiene muchos contactos.

–Querida, no sé de qué estás hablando.

–¿No?

Cristina la miró con los ojos entrecerrados.

–Estás un poco pálida. ¿No te sientes bien?

–No me he sentido mejor en toda mi vida.

–No estás embarazada, ¿verdad?

–En realidad, sí.

El rostro de Cristina reflejó muchas emociones diferentes, ninguna de las cuales parecía recomendable.

–Zorra.

–No es la manera más agradable de felicitarme –se abrió la puerta del cuarto de baño y Danielle aprovechó la oportunidad para escaparse.

Rafe estaba esperándola, y sintió alivio cuando oyó el aviso para volver a los asientos.

–Has tardado un poco.

–El cuarto de baño está muy concurrido.

Las luces se apagaron, la orquesta empezó a tocar, y empezó el tercer acto.

Llegaron tarde a casa, y Danielle bostezó mientras subían las escaleras. En cuanto llegaron a la habitación, se quitó el elegante vestido de noche, se desmaquilló y se metió en la cama.

–¿Estás cansada? –le preguntó Rafe mientras la acercaba a su cuerpo.

Murmuró un sí. Él le besó la frente y se durmieron.

Amaneció un día precioso, con un cielo muy azul. Danielle iba conduciendo hacia Toorak Roal mientras pensaba en que tenía que llamar a uno de los proveedores. Acababa de salir un nuevo modelo de braguitas y sujetador que se estaba poniendo muy de moda, y quería aumentar el pedido que ya había hecho.

De repente, vio algo como un relámpago azul, oyó el horripilante sonido de un choque y se sintió impulsada con fuerza hacia delante.

Ocurrió todo tan inesperadamente que no tuvo ninguna oportunidad de pensar, ni por supuesto de prepararse para el golpe. Aunque debió de apretar instintivamente el freno, durante los siguientes segundos el coche se descontroló y se detuvo a pocos milímetros de uno de los enormes árboles de la acera.

Se quedó sentada temblando unos instantes, y entonces se dio cuenta de todo. Se quitó el cinturón de seguridad y salió del coche.

Estaba preocupada por el otro conductor y quería saber lo que le había ocurrido a su coche para dar parte al seguro, y también llamar a la policía...

–¿Está usted bien?

Danielle oyó una voz masculina y después otra con la misma pregunta, y miró a su alrededor buscando el otro coche.

–Ha causado el choque y ha huido. Desgraciado –dijo alguien.

No daba crédito a lo que estaba oyendo.

–¿Me lo está diciendo en serio?

–Debería sentarse, señora.

«¿Antes de desmayarme? Dios, no soy tan frágil como para eso», quiso asegurarse a sí misma, pero el shock la había dejado sin habla.

–Voy a llamar a la policía.

–Y a la ambulancia.

–No necesito ninguna ambulancia –protestó Danielle, y sacó el móvil de su bolso. Llamaría a Ariane y le explicaría que iba a llegar tarde.

–Quédate exactamente donde estás –le dijo su madre después de preguntarle si estaba herida–. No me importa en absoluto que el coche funcione o no. No te muevas de ahí.

–Estoy... –quiso decirle a su madre, pero ya había colgado.

El coche solo tenía un golpe en el parachoques. La policía llegó segundos antes que Rafe, y Danielle cerró los ojos durante un momento. Un ángel alto y moreno, pensó cuando lo vio bajarse del coche y apartar a alguien.

Se acercó sin preocuparse de que un policía lo hubiera mirado ceñudo al oír el frenazo que había dado. Si lo iban a amonestar, ya se encargaría de ello más tarde.

En aquel momento su única preocupación era Danielle. Dios Santo, si le hubiese ocurrido algo... Cerró los ojos para no ver su cara de angustia.

Tocarla lo ayudó a tranquilizarse. No le importó en absoluto que lo vieran tomarle la cara con ambas manos y besarla.

La confianza siguió aumentando cuando sintió su respuesta y cuando ella intentó que la soltara. No le sirvió de nada, porque él la agarró más fuerte.

–¿Es imprescindible que lo hagas? –le preguntó Danielle en un susurro de protesta.

Tenía los ojos increíblemente oscuros, y mientras la miraba parecía que sus rasgos estaban esculpidos en piedra. La tensión que lo había estado matando desde que Ariane le había dado la noticia empezó a desaparecer.

–Sí.

Ella atisbó algo que no se atrevió a definir. Durante un segundo se le paró el corazón y la realidad de su alrededor desapareció mientras se miraban fijamente.

El mundo se había parado.

–Señora, necesito algunos detalles.

Y el hechizo se rompió. Se volvió y vio a un policía que estaba a su lado, y oyó los murmullos de la gente y el sonido de la sirena de una ambulancia a lo lejos.

–No necesito una ambulancia –insistió, pero nadie le hizo ningún caso.

El equipo de la ambulancia le hizo muchísimas preguntas, y Rafe les dijo que él se encargaría de que fuese al hospital. Danielle protestó cuando él recogió su maletín, cerró su coche y la llevó hasta el Jaguar.

–Llévame a trabajar.

Rafe arrancó el coche y salió de allí. Era consciente de que solo tenía cinco minutos antes de que se diera cuenta de que no iban a la tienda.

Cuando reaccionó justo como él esperaba, le tomó la mano y se la llevó a los labios.

–Cállate.

Pero si pensaba que aquel gesto dulce iba a aplacarla, estaba muy equivocado.

–¡No me pasa nada!

Él le sonrió.

–Ten confianza en mí.

Danielle dejó escapar un gran suspiro de resignación.

–¿Dónde vamos?

–Ya casi hemos llegado.

Iban a un hospital privado en el que todo estaba dispuesto para ingresarla en una suite.

–Esto es una ridiculez –murmuró cuando una enfermera le dijo que se desnudara y se metiera en la cama, y salió de la habitación. Le lanzó a Rafe una mirada asesina e inspeccionó el camisón de algodón del hospital. ¿Cómo se ataba aquello, hacia atrás o hacia adelante? ¡Demonios, ni siquiera debería estar allí!

–Déjame que te ayude.

Le desabrochó la chaqueta, se la quitó y la dejó sobre una silla.

–Puedo yo sola.

No le hizo caso, y ella le apartó las manos cuando iba a bajarle la cremallera de la falda.

–Me estás estorbando, Rafe, vete.

–De ninguna manera.

Se había quedado en braguitas y sujetador cuando entró la enfermera, y Danielle le preguntó:

–¿Me quedo con la ropa interior?

–Tiene que quitárselo todo –le respondió la enfermera muy antipática, y señaló el camisón.

–Se ata para atrás.

Y salió de la habitación.

–¡Qué encantadora! –comentó Danielle mientras cumplía sus órdenes.

Le hicieron un montón de pruebas y preguntas, y finalmente un ginecólogo la informó.

–El niño está perfectamente.

–¿Entonces puedo irme a casa?

–Mañana. Esta noche se quedará en observación.

–¿Es necesario?

–Es una precaución –le dijo el ginecólogo para tranquilizarla, y sonriendo amablemente se fue con la enfermera pisándole los talones.

–Creo que quiero estar sola –dijo Danielle con calma. La presencia de Rafe inundaba la habitación–. ¿Te importaría marcharte, por favor?

Rafe estaba pensando en todas las preguntas que necesitaba hacerle. Quería respuestas.

Se acercó a la cama, resistió el impulso de abrazarla y se contentó con darle un beso que lo dejó anhelante.

–Volveré más tarde.

Danielle asintió con la cabeza y en cuanto él salió de la habitación, se volvió, dejó descansar la cabeza en la almohada y cerró los ojos.

Alguien había chocado con ella y había huido. Aquello demostraba que había sido algo deliberado. ¿Estaría Cristina detrás de todo? ¿Se habría convertido su obsesión en paranoia al saber que estaba embarazada?

Y si todo aquello era verdad, ¿habría forma de probarlo?

Una enfermera le llevó la comida, su madre la llamó y recibió de la floristería un ramo de flores con una tarjeta firmada por Rafe. El resto del tiempo lo pasó mirando revistas y después se quedó dormida.

Ariane la visitó de camino a casa, y le llevó un precioso conjunto de camisón y bata con unas zapatillas de satén.

–Para ti –le dijo, disimulando la preocupación con una cariñosa sonrisa–. Un camisón de hospital no es precisamente favorecedor.

Le dio una conversación ligera, absteniéndose de mencionar que le había contado a Rafe todos los incidentes sospechosos y lo que ella pensaba, y se marchó justo en el momento en que llevaban la cena.

Danielle se acababa de arreglar un poco cuando llegó Rafe, y no se resistió al apasionado beso que le dio. La acercó a su cuerpo y mordisqueó sus labios con delicadeza.

–¿Has cenado? –era una pregunta prosaica que no tenía que nada que ver con lo que quería preguntarle en realidad.

–Después –la tomó en brazos, se la llevó a una silla y la sentó sobre su regazo.

–¿Has tenido un día muy ocupado?

–Sí.

Se había puesto a hacer llamadas y a relacionar hechos, y había concertado una cita con Cristina, que lo había intentado todo con astucia y lágrimas y finalmente le había confesado que estaba enamorada de él. Él la había respondido con una advertencia helada, y la había aconsejado abandonar la ciudad en veinticuatro horas o de lo contrario tendría que enfrentarse a la ley.

Era delicioso descansar en sus brazos, pensó Danielle. Notaba su calor y olía el aroma de su piel, y se sentía segura.

Quizás fuera que el shock estaba dejándose notar en ese momento, pero estaba cansada y pasar la noche en el hospital ya no le resultaba una idea tan desagradable como antes.

Capítulo 12

TENEMOS que hablar.

Estaban sentados en la terraza, mirando el jardín.

–Solo tengo una pregunta –Rafe hablaba con voz tranquila–, ¿por qué no confiaste en mí?

Ella lo miró a los ojos.

–Tenía que enfrentarme a ello yo sola. ¿Qué querías que hiciera? ¿Ir corriendo hacia ti gimoteando como un bebé cada vez que me encontraba con Cristina? ¿Cómo podía saber que era tan peligrosa?

–Si me hubieras contado lo que hacía para causarte problemas, su primer intento habría sido el último, y no habrías sufrido por su culpa.

Le acarició el pelo y la nuca.

–Quería lo que yo tengo. Te quería a ti.

Rafe la besó y ella sintió que se derretía.

–Cuando pienso que...

Ella le cerró los labios con un dedo.

–No ha pasado nada. El bebé y yo estamos perfectamente. Vas a tener a tu hijo –y a mí se me romperá el corazón cuando me tenga que ir, pensó.

Su mirada dejó traslucir una emoción que ella no conocía.

–¿Es que crees que el niño es lo único que me

importa? –cerró los ojos y los volvió a abrir–. Por Dios.

–Tenemos un contrato...

–Al demonio con el contrato.

–¿De qué estás hablando?

–De ti.

Ella no lo entendía. Ni siquiera se atrevía a pensar que él pudiera estar diciéndole...

–No te imaginas por el infierno que pasé cuando Ariane me llamó para decirme que habías tenido un accidente. Si te perdiera... –no pudo terminar la frase.

Danielle era incapaz de articular palabra.

–¿Qué me estás queriendo decir?

Solo pronunció dos palabras.

–Te quiero.

–Rafe...

–Eres lo más importante de mi vida.

¡Ojalá fuera verdad!

–Me parece que estás aún muy impresionado –le dijo Danielle suavemente.

–Tengo algo para ti.

Tomó su maletín y sacó un sobre.

–Léelo.

Danielle lo abrió y lo leyó. No necesitaba ninguna explicación. Aquel documento declaraba nulo el contrato. Estaba firmado por Rafe y por su abogado.

–Mira la fecha.

Era la del día anterior al accidente.

–Había planeado dártelo en un momento más apropiado –le explicó Rafe, que notó que Danielle tenía los ojos húmedos–. No... –gruñó, mientras veía sin poder evitarlo cómo una lágrima resbalaba por su mejilla.

La mejor arma de las mujeres. La abrazó, hizo que apoyara la cabeza en la curva de su cuello y la apretó fuertemente.

–El ginecólogo te ha recomendado unas vacaciones.

–¿Vamos a la casa de Gold Coast?

–Si tú quieres...

Ella le rodeó la nuca y fue él quien se soltó en aquella ocasión. Le había dicho que la quería, pero ella no había pronunciado una sola palabra. Por un momento, había experimentado pánico a que lo rechazara. El buen sexo no era lo mismo que el amor...

–Me parece que necesito oírte decirlo otra vez.

No había nada artificial en ella. Solo un asombro maravilloso y una dulzura que le llegaron hasta lo más profundo del alma.

Con infinita delicadeza le alzó la barbilla hasta que sus miradas se encontraron.

–Te quiero.

–Gracias.

–¿Por quererte?

–Por hacerme el más regalo más precioso.

Él sintió que se le encogía el estómago.

–Tu alma y tu corazón –continuó con suavidad–. Te adoraré el resto de mi vida.

Danielle sintió cómo le temblaban los labios bajo sus caricias. Estaba muy emocionado.

–Al principio quería odiarte, y durante un tiempo, creí que de verdad te odiaba. Pero me di cuenta de que la vida sin ti no merecería la pena. Te quiero.

Rafe se quedó sin palabras y el corazón empezó a latirle muy fuerte. Ella vio cómo su rostro reflejaba todo el calor, la pasión y el amor que no intentaba disimular. También supo que estaba presenciando algo que nadie había visto desde hacía mucho tiempo... un sentimiento verdadero que provenía directamente de su corazón.

La abrazó. Necesitaba abrazarla para asegurarse de que estaba viva y era suya.

La llevó en brazos hasta la habitación y la desnudó con una ternura que casi la hizo llorar. Se quitó la ropa mientras ella lo observaba.

Se metieron en la cama y le acarició la espalda, las nalgas y los muslos, deteniéndose en la cadera y en el ligero abultamiento del vientre, rozándola con delicadeza, como si quisiera proteger al hijo que crecía en su vientre. Subió hasta sus pechos y oyó un débil gemido. Danielle aguantó la respiración mientras él empezaba a explorar su cuerpo con los labios.

Después de un rato, ella comenzó a besarle el pecho hasta que llegó a la parte más sensible de su anatomía, y él la atrajo hacia sí para juntar sus bocas en un beso apasionado. Rafe la abrazó durante toda la noche. Cada vez que ella se movía un poco, la acercaba a él, porque no podía soportar que se alejara.

Era su mujer y la madre de su hijo. Su vida entera. Solo con pensar que podría haberla perdido...

Danielle se levantó con cuidado al amanecer. Se puso un vestido y se quedó de pie al lado de la cama para mirarlo mientras dormía, y no pudo resistir la tentación de hacerle una caricia en la mejilla.

Rafe abrió los ojos y rápidamente fue consciente de todo lo que lo rodeaba. La vio y sonrió tan dulcemente que Danielle sintió que se derretía.

–Hola –dijo con voz ronca, y extendió un brazo–. Ven aquí.

–Tienes esa expresión... –le dijo ella en broma.

–¿Qué expresión? –la agarró y la atrajo suavemente hacia la cama.

–Hmm... peligrosa.

Él dejó descansar la cabeza en el pecho de Danielle, y ella le enredó los dedos en el pelo, acariciándolo pensativamente mientras él le abría el vestido con facilidad.

–No me puedo imaginar una forma mejor de despertarse todos los días –dijo mientras le llenaba de besos los hombros y el cuello.

Ella sintió un calor delicioso por todo el cuerpo.

–Puede convertirse en una adicción.

–Por descontado.

Más tarde se levantaron, se ducharon y desayunaron en la terraza. Hacía un día espléndido, el sol brillaba en el cielo azul y la temperatura era deliciosa.

Todo, pensó Danielle con satisfacción, era perfecto en su vida. Tenía un marido que la adoraba, y ella lo quería con toda su alma. Su hijo estaba creciendo en su vientre sin ningún problema. En muy pocas horas se irían de vacaciones.

Los días en la costa transcurrieron plácidamente. Algunas veces se bañaban en la piscina y otras veces paseaban por la playa, y por la noche hacían el amor.

Era como una luna de miel. Resultaba fácil pensar que los meses anteriores no habían existido, y que sus vidas tomaban ahora un rumbo nuevo. Habían creado algo muy especial, y ella lucharía con todas sus fuerzas para conservarlo.

La última noche de vacaciones disfrutaron de una cena tranquila y de un paseo por la orilla del mar a la luz de la luna.

–¿Eres feliz?

–Sí –respondió Danielle simplemente, y Rafe le rodeó la cintura con fuerza.

La besó apasionadamente. Quería tenerla siempre cerca.

–¿Estás anticipándote a esta noche?

–Eres adivina.

–Es parte de mi encanto.

–Creo que es mejor que volvamos al hotel.

Ella dejó escapar una risa.

–¿Vas a estar así de protector durante todo el embarazo?

–Por supuesto.

Entonces se puso seria.

–Pero yo quiero trabajar durante estos meses.

Él había estado esperando a que surgiese aquella cuestión.

–Unas horas al día –le concedió–, preferiblemente por las mañanas y así podrás descansar por las tardes.

–De acuerdo.

–¿Así, tan fácil? ¿De acuerdo?

Le dedicó una sonrisa encantadora.

–Sí –era todo lo que ella quería. El resto del tiempo tendría que preparar la habitación y la ropa del bebé.

–Qué docilidad.

–Ah –dijo burlonamente–. El amor de un hombre puede hacer maravillas con una mujer.

A Rafe le brillaron los ojos de emoción.

Danielle dejó el tono de broma y le dijo con una sinceridad que lo conmovió:

–Te amo.

–Lo sé, amor mío. Yo también.

Epílogo

JUAN Carlos Rafael Valdez nació por cesárea dos semanas antes de la fecha prevista, después de un parto muy difícil. Su padre estuvo muy nervioso durante todo el tiempo, y su madre pasó todo aquel dolor con resignación.

El llanto del recién nacido cesó en cuanto su madre lo tuvo en brazos. Entonces bostezó y se quedó dormido.

Danielle le hizo notar a Rafe que el niño tenía el carácter tranquilo de su madre, aunque físicamente fuera exactamente igual que su padre.

Un padre que lo adoraba, pensó Danielle mientras él sostenía al bebé en el bautizo.

Durante sus tres semanas de vida, se había convertido en el centro de sus vidas.

–Creo –dijo Danielle mirando dulcemente al niño– que necesita un hermanito. O una hermanita –vio la cara de sorpresa de Rafe–. De lo contrario se va a convertir en un niño mimado. Yo era hija única y siempre quise haber tenido hermanos. ¿Tú no?

–Danielle...

Ella no le dejó continuar.

–¿Te imaginas una preciosa niñita morena con los ojos brillantes y una sonrisa preciosa?

–No, amor mío. Todavía no. No podría aguantar verte otra vez...

–¿Sufriendo? Las mujeres han dado a luz desde el principio de los tiempos. Además, el ginecólogo ya me ha dicho que voy a necesitar cesáreas en todos los partos.

–¿Todos? Vamos a tener una conversación muy larga.

–Ya hablaremos de eso después –dijo Danielle, porque tenían que hacerse la foto familiar junto a Ariane.

Cuando todos los invitados se marcharon, Rafe acostó al pequeño.

–Ya estamos solos, cariño –dijo Rafe abrazándola.

–Ha sido un día muy largo –un día precioso, lleno de alegría y orgullo, de risas y de amor. Pero nada podía compararse con el amor que sentía por aquel hombre.

–Te quiero.

Le temblaba la voz de emoción, y a él empezó a latirle el corazón muy rápido cuando deslizó las manos por su cuerpo y la atrajo hacia sí.

Empezó a besarla e hicieron el amor. Al terminar, se quedaron enroscados el uno en el otro.

De repente, sonó un grito por el interfono del bebé, que pronto se convirtió en un llanto.

–Voy yo –dijo Rafe. Se levantó, se puso una bata y se fue a la habitación del niño.

Cuando llevaba un buen rato allí, Danielle sintió curiosidad y lo siguió.

Rafe estaba sentado con Juan Carlos profundamente dormido en los brazos.

–Estaba incómodo. Lo he cambiado.

–Y te ha resultado muy difícil volverlo a poner en la cuna.

–Me conoces bien.

–¿Qué dirían todos los altos ejecutivos que tienen que negociar contigo si te vieran ahora? –le dijo ella en tono de broma.

–Tendrían envidia, porque soy uno de los hombres más afortunados del mundo.

Se levantó con cuidado, dejó al niño en la cuna y lo arropó con ternura. Juan Carlos ni se movió, y entonces apagaron la luz y salieron de la habitación sin hacer ruido.

Se tumbaron en la cama y se abrazaron.

–¿De verdad no quieres tener más hijos?

–Solo pienso en ti –le contestó él, y sintió cómo ella lo abrazaba con fuerza.

–Esta es una casa preciosa con un jardín espléndido. ¿No te imaginas a tres o cuatro niños correteando por ahí y disfrutando de todas las cosas buenas que podemos darles?

No podía negarle nada. Su vida no había sido completa hasta que ella apareció. Y el amor... Dios Santo, qué maravilla era amar a aquella mujer y sentirse amado por ella.

–Vamos a esperar un año, amor mío. Disfrutemos de nuestro hijo durante un año, y después aumentaremos la familia.

Ella lo besó en la frente.

–Hmm, me encanta tu forma de comprometerte.

–¿Solo de comprometerme?

–Bueno, se me ocurre otra cosa que se te da bastante bien.

–Bastante, ¿eh? Es evidente que necesito mejorar mi técnica.

Danielle lo besó apasionadamente.

–¿Empezamos ahora?

–Por supuesto –le tomó la cara entre las manos–. Todos los días de mi vida.

–¿Solo los días?

–Descarada. Indudablemente, eres una descarada.

–Pero me quieres.

La expresión de ironía de su rostro desapareció, y respondió con sinceridad.

–Con todo mi corazón.

–Gracias –respondió ella en un susurro, y se inclinó para darle un beso que le llegó directamente al alma.

Había una parte de él que siempre sería inaccesible, pero no para Danielle. Ella tenía su corazón en las manos, y pensaba cuidarlo como el tesoro más preciado... durante el resto de su vida.

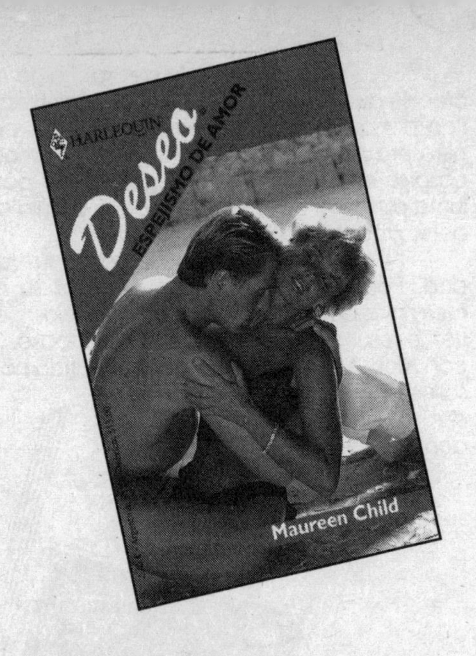

Cuando aquella misión de rescate empezó a salir mal, el sargento Travis Hawks se dio cuenta de que estaba a punto de embarcarse en la batalla más importante de su vida. Se encontraba atrapado en mitad del desierto de Arabia junto a Lisa Chambers, la engreída heredera a la que se suponía que debía salvar. A pesar de las penurias y el calor que pasaban durante el día, una noche la pasión estalló entre ambos sin que ninguno de los dos pudiera luchar contra ello. Pero cuando aquella dura experiencia acabara... ¿acabaría también la unión que había entre ellos de la misma manera que desaparecía un espejismo en mitad del desierto?

PÍDELO EN TU PUNTO DE VENTA